解读广东改革密码

南方日报社◎编

INTERPRETING GUANGDONG REFORM

南方日报出版社
NANFANG DAILY PRESS
中国·广州

图书在版编目（CIP）数据

解读广东改革密码 / 南方日报社编. —广州：南方日报出版社，2019.12
ISBN 978-7-5491-2068-0

Ⅰ. ①解… Ⅱ. ①南… Ⅲ. ①新闻报道—作品集—中国—当代 Ⅳ. ①I253

中国版本图书馆CIP数据核字(2019)第217223号

JIEDU GUANGDONG GAIGE MIMA
解读广东改革密码

编　　者：南方日报社
出版发行：南方日报出版社
地　　址：广州市广州大道中289号
出 版 人：周山丹
责任编辑：张　高
责任技编：王　兰
责任校对：阮昌汉
经　　销：全国新华书店
印　　刷：广州市尚铭印刷有限公司
开　　本：787mm×1092mm　1/16
印　　张：11.25
字　　数：160千字
版　　次：2019年12月第1版
印　　次：2019年12月第1次印刷
定　　价：48.00元

投稿热线：（020）87360640　读者热线：（020）87363865

《解读广东改革密码》编委会

Preface

前言

壮丽70年，奋斗新时代。

2019年是新中国成立70周年，70年砥砺奋进，我们的国家发生了天翻地覆的变化。无论是在中华民族历史上，还是在世界历史上，这都是一部感天动地的奋斗史诗。

70年的新中国，40年的改革开放。1978年12月开始的改革开放是中国人民和中华民族发展史上的一次伟大革命，正是这个伟大革命推动了中国特色社会主义事业的伟大飞跃！

地处改革开放前沿的广东，经历了沧海桑田，40年改革创新演绎了南粤大地有史以来最辉煌的篇章。奔腾不息的珠江潮，年复一年，以不可阻挡之势，向前奔流，创造了一个又一个奇迹。

经济特区“杀出一条血路”；“广东四小虎”奇迹崛起；沿海开放城市艰苦创业……广东40年魔术般的变迁，见证了改革开放40年的沧海桑田，高度浓缩了40年的时代精华。

2018年5月21日到7月25日，《南方日报》刊出“解读广东改革密码”大型系列报道。历时两个多月，10路记者赴广东10个具有典型意义的地区采访，用10个跨版近10万字，追寻广东那段“杀出一条血路”的历史，追寻那40年不变的改革精神，解读广东改革开放成功的密码，为广东实现“四个走在全国前列”、当好“两个重要窗口”，挖掘历史经验，鼓舞改革斗志。

记者们深入改革第一现场，挖掘了大量轻松活泼的基层故事；采访了众多改革亲历者，讲述40年来重大变迁；用历史的视角，解读10座城市（县区）崛起的奥秘。任时光荏苒，让改革的“密码”依旧清晰可见，获得广泛好评。

献礼70年，致敬改革开放，我们将这组生动的调研报告结集出版，希望能再次带领读者们一同触摸那段峥嵘岁月，感受广东改革开放40年的历史变迁。

Contents

目录

002 开放广州：从白天鹅到琶洲岛

019 风起深圳：从蛇口到前海

036 奔腾珠海：从拱北口岸到港珠澳大桥

053 潮涌汕头：从龙湖荒地到华侨试验区

069 激荡东莞：从农业大县到“世界工厂”

086 先行中山：从永宁村到翠亨新区

103 奋发湛江：从湛江港到东海岛

119 蝶变凤城：从“清远经验”到“农综改样本”

136 有为南海：从“敲锣打鼓贺富”到“冠军集群”闯世界

153 闯将顺德：从讲“德语”到讲“世界语”

大潮起珠江

凭借着敢为天下先的拓荒精神

不怕苦不怕累的实干精神

勇于打破常规的创新精神

广东人民在南粤大地

书写着一个又一个的传奇

开放广州：从白天鹅到琶洲岛

文/占文平　昌道励　傅鹏　黄伟

广州城西，三江汇聚。被誉为我国“改革开放地标”的白天鹅宾馆内，前来与宾馆标志性景观“故乡水”合影留念的宾客游人络绎不绝，他们对自由出入此地已习以为常。

几十年前，国内涉外酒店却是“闲人莫进”。正是这座伴随改革开放而生的五星级酒店率先打破了这一惯例，坚持“四门大开”不分阶层开门迎客，此举之后被全国同行效仿，方才成为行业常态。

十余公里外的琶洲岛，是“中国第一展”——广交会展馆所在地。无数中国企业在此接受市场的启蒙和磨砺，从此走上全球化开放发展之路，助推我国在40年内跃升为世界第二大经济体。如今，紧邻展馆的琶洲互联网创新集聚区正在崛起，演绎知识经济时代的开放发展新篇。

从白天鹅到琶洲岛，见证了广州改革开放40年来的时代巨变，也揭示了这座千年商都长盛不衰的密码——开放引领，创新不止，更向世界诠释了“中国奇迹”背后的时代真理——“开放带来进步，封闭必然落后”。

浩荡珠江，奔流不息。站在新时代新起点，广州正高举改革开放的旗帜，以改革不停顿，开放不止步的昂扬斗志，提升国际航运、航空、科技创新三大战略枢纽能级，优化枢纽型网络城市格局，面向全球集聚高端资源要素，为早日建设成为中国特色社会主义引领型全球城市而不懈奋斗。

敢为人先➔
中外合作建成内地首个五星级酒店

“1978年秋季广交会，一名法国客商来到广州找不到住处，一气之下返回香港。部分香港和西方媒体趁机炒作，中央领导同志深夜给广东省委打电话，要求认真解决好广交会存在的问题……”在《亲历广交会》一书中，曾任广东省委常委、副省长的黄静波披露一则往事。

1978年的夏天，改革开放的春风还没到来，神州大地尚处黎明破晓前。彼时，国内百废待兴，物资匮乏。以广州为例，即使贵为华南中心城市，但“老百姓上街购物要带46种票证”“每届广交会期间的物资供应（糖、烟、酒、肉、禽、蛋、日用品等）均由经贸部向全国各地调拨”“有的采购商来参加广

A06-A07 时局

壮阔东方潮 奋进新时代——庆祝改革开放40年

开放广州：从白天鹅到琶洲岛

中外合作建成内地首个五星级酒店

推动形成全面开放新格局

全国首创工程总承包模式

让开放成为广州的城市气质

衔枚疾进式改革让广州更开放

大事记

交会，甚至要主管副省长过问解决住宿问题”。

在此背景下，改革开放总设计师邓小平第三次复出后不久即提出，要在全国的几个大城市建立几个国际水准的旅游饭店。1978年夏，国务院成立了“利用侨资外资筹建旅游饭店领导小组”，具体提出在北京、广州、上海、南京四大城市，建八家涉外宾馆。

广东闻风而动，省和广州市领导均决心率先发展酒店业促引资。1978年12月，党的十一届三中全会首次提出要改革开放，准许吸收外国资金、先进技术和管理经验用于经济建设。次月，广东省旅游局即与香港工商领袖霍英东、彭国珍方面签署《白天鹅投资与兴建旅馆计划意向草案》，即后来的白天鹅宾馆项目。

从中央到地方均对项目给予高规格重视。时任广东省委第一书记习仲勋亲自致函，推动项目审批。时任广东省副省长梁威林担任白天鹅宾馆首任董事长，时任广东省旅游局副局长朱一明兼任首任总经理，时任广州市副市长林西更是全程参与筹建和项目规划及建设。

然而，这绝非仅仅建一座设施先进的酒店那么简单。作为国内首批中外合作酒店，白天鹅宾馆从设想到建成，尚须冲破层层障碍。

首先是资金及合作体制问题。“白天鹅宾馆项目动工后体制一直没明确，直到1982年才定下的合作经营，此前霍英东先生是想直接建好捐赠给国家。”白天鹅宾馆第二任总经理杨小鹏回忆道。

据白天鹅宾馆提供给南方日报的史料记载，时任广东省委第一书记习仲勋、广东省省长刘田夫、广州市革命委员会主任杨尚昆等都认为捐赠这个形式不好。“本来希望港澳同胞、海外侨胞来内地投资的，你霍英东一来就带头捐赠，以为共产党开放是为了‘要钱’，所以坚持合作或合资。”

最后鉴于国家外汇紧张，由霍英东等人投入了1350万美元，中方于1981年向中国银行广州分行贷款3631万美元，共同合作建设并经营管理白天鹅宾馆。

更重要的是体制和观念上的阻力。当时尚无《中外合作企业法》，外商在国内投资的条条框框很多。因此，当时除了白天鹅宾馆项目，内地多个涉外宾馆项目洽谈均陷入马拉松式的扯皮，几乎没有落实。

据白天鹅宾馆提供的史料记载，当时内地有一项硬性规定，凡30层以上的高楼大台都要装高射炮，备战备荒。工程设计时霍英东坚决反对此规定，他调侃说：“放个炮在这里，谁还敢在这里睡觉？”而广州市政府也很开明，指示施工方要尊重建筑师的意见。经过多方协调干预，白天鹅宾馆的高射炮台阵地终于得以撤销。

开放前沿开明之士的坚持和推动，为中国的开放之路打开了一扇小窗。历经十个月获批立项，再历经三年多建设，1983年2月6日，白天鹅宾馆在广州沙面建成开业，成为内地首家五星级酒店。

霍英东生前接受采访时透露：“听说邓小平是把抓涉外旅游饭店以使中国

打破封闭，面向世界，作为他复出后几方面大事之一来做的。”杨小鹏回忆称：“霍先生（投资白天鹅宾馆）不是为了赚钱，而是想打开一扇窗，把外面的世界给中国人看，也是把中国的模样给外国人看。”

四门大开→
让开放成为广州的城市气质

作为全世界唯一千年不衰的商业城市，说起广州的开放史不得不提到沙面。这里是广州最早的通商贸易之地，清朝时云集十三行外国商馆，也曾租界云集，见证了“华人与狗不得入内”的中华民族近代屈辱史。

杨小鹏回忆，白天鹅宾馆开业起，霍英东便要求“四门大开”。“当时是石破天惊。不要说五星级宾馆，就是不上星级的招待所，来访都要在大门口看证件、登记，办一套烦琐手续后才能踏进大门。”

杨小鹏说，实行“四门大开”后，宾馆每天都人满为患，“第一天就用去了400卷高级厕纸，酒店大堂地毯下每天扫出两大碗尘土。”

尽管当时的宾馆管理人员曾就“四门大开”带来的损耗多次提出意见，但霍英东仍然坚持：“你说改革开放好，讲一通道理没有亲眼看有力。开放是什么样，到这一看就知。”

事实也证明，白天鹅宾馆带来的变化远不止于开阔了人们的眼界。

杨小鹏说，“四门大开”两周后，宾馆厕纸消耗恢复正常，慢慢地高声谈论和随地吐痰的现象也少了，“环境改变人，进了这么干净的地方，市民会受到潜移默化的影响。”从20世纪90年代起，公交车让座从广州兴起并逐渐风行全国。现在，据省城市公共交通协会调查，广州公交让座率超过95%，在全国名列前茅。

白天鹅宾馆是内地第一家向群众开放的宾馆（资料图片）

白天鹅宾馆开业后客流爆满，当年便实现盈利，成功带动大批外资进入广州。随后，中国大酒店、花园酒店等五星级酒店陆续在广州开业，拉开了广州酒店业大发展的大幕。

由广州市人民政府办公厅编撰的《十年改革开放之广州》一书披露，1979年至1987年间，广州市实际利用外资金额达6.93亿美元，居全国十大城市之首。在这短短十年间，广州这个计划经济时代的国家非重点投资地区，经济总量迅速跃升至全国前列，“北上广”一说渐成气候。

全国第一座城市道路立交桥、全国最早的邮政特快专递、全国最早使用公众移动电话（“大哥大”）的城市、我国内地第一家超市、全国第一个机动车驾驶员教考场……1990年出版的广州史志丛书《广州之最》披露，在那个潮起云涌的年代，广州诞生了无数个“第一”，而钱包日渐隆起让人们对“改革开放”有了更直观的感受。据《广州之最》披露，1978年广州市民人均储蓄存款为117.4元，到1990年则增至3048元，人均储蓄存款居全国十大城市之首。

1984年12月，苏联部长会议第一副主席阿尔希波夫一行下榻白天鹅宾馆，他看到中国的变化后感叹不已，“可惜苏联没有一个香港”。

一扇扇大门打开，资本、技术、人才进来，带给人们的是应接不暇的新鲜事物和理念，重新激活了广州这座千年古城骨子里的开放基因。

1995年，24岁的青年丁磊从宁波来广州创办网易，8年后成为全国首富。他曾坦诚地说：“广州对网易的意义是其他城市无法比拟的。每个人、每个企业都可以用适合自己的方式，开始一片新天地。开放、包容是广州最大的财富。”

微信创始人张小龙从华中科技大学电信系毕业后来到广州，带着团队开发出了“连接一切”的微信，目前成长为月活跃量10亿的社交巨头。鲜于公开接受采访的他，虽未对外界表露过他对广州的情感和评价，但他用行动证明了一切——在广州一待就是24年。

越来越多的年轻人正在追随丁磊张小龙们的脚步，给开放的广州投上一票。官方公开数据显示，2016年和2017年，广州市常住人口增幅分别达54万和45万，增幅连续两年位列全国各大城市前三。

他们也在成就着广州：2017年12月，《财富》全球论坛在广州举行，论坛以“开放与创新：构建经济新格局”为主题，吸引了包括152家世界500强企业在内的近400家中外企业参会。截至2018年2月，在穗投资的世界500强企业累计已达297家，投资项目921个。

“现在，广州已成我的第二故乡！广州的开放史就是最大的财富，它是中国与世界其他地区对接的最强纽带。”时代公司首席内容官兼《财富》杂志主编穆瑞澜说，广州作为国际贸易的中心，是中国参与全球商业的著名象征和现代代表。

相互成就，让开放日益成为广州的城市气质。正如习近平主席在给2017年广州《财富》全球论坛的贺信中所说：“中国开放的大门不会关闭，只会越开越大。”开放的广州，还在续写更多相互成就的动人故事。

市场化改革➔
衔枚疾进式改革让广州更开放

以开放促改革，以改革促进开放，如今已成为社会各界的共识。然而，那个刚从闭塞中走出来的年代，当人们还在为姓资姓社而争论时，广州衔枚疾进式地进行了多项改革，为我国从计划经济向社会主义市场经济体制转轨，贡献了改革开放的广州方案。

很多人知晓我国农村家庭联产承包制缘起于安徽小岗村，却未必知晓我国基建领域总承包制肇始于广州——20世纪80年代，新建白天鹅宾馆过程中，工程承包方广州珠江外资建设公司首创了“投资者出钱，承包公司交钥匙”的工程总承包模式，迈出了国内基建体制改革的第一步。

如今已年过九旬的辜学海时任广州珠江外资建设公司党组成员、设备材料组组长。据其介绍，工程总承包打破了计划经济体制下“国家投资，预算超概算，实际超预算，没钱找国家要”的“吃大锅饭”基建模式。当时也有很多质疑，诸如说他们是甲乙方之间的“皮包公司”，搞“中间剥削”。但事实胜于雄辩——竣工庆典时，霍英东先生高度评价“白天鹅宾馆是为国家争气的工程，无论速度和价格都是很好的！”

价格改革“第一枪”也在广州打响。计划经济时代，很多日常用品凭票证供应，愈发陷入物资短缺境地。

1984年11月，广州率先在全国“顶风”放开蔬菜价格，中国的价格“钢板”开始松动。次年，广州又在全国率先放开猪肉、水产品等8种主要副食品和缝纫机、自行车等大商品的价格。至1993年4月，国务院发文取消布票和粮票，走过39年历程的“票证时代”终结。

“广州是政府市场化程度最高的中国城市之一，行政效率比较高，切实推出了很多支持企业发展的政策，对媒体时不时的挑刺也能比较虚心地接受，这

■第95届广交会首次正式启用琶洲国际会展中心新馆，图为国产汽车在广交会上展示（资料图片）

是广州可爱的地方。”网易公司董事局主席兼首席执行官丁磊说。

40年过去，如今这种自我革命的血液依然在流淌。

距离白天鹅宾馆十余公里外珠江南畔的琶洲，是“中国第一展”——广交会以及广州互联网创新聚集区所在地，也是观察见证“广州速度”的窗口。

目前，琶洲互联网创新集聚区已有18家企业拿地布局，包括腾讯、阿里、复星、国美、小米、YY（欢聚时代）、唯品会、科大讯飞……而此前这里还是一块荒地，从2014年构思谋划到规划稳定，再到土地出让、启动建设，仅用了一年半时间。

速度的背后是体制的突破。2013年初的广州市“两会”上，广州市政协委员曹志伟绘制的建设工程项目行政审批“万里长征图”走红。该图聚焦企业的“痛点”——行政审批繁杂冗长，在广州投资一个项目，整个审批流程要经过20个委、办、局，盖108个章，缴纳36项行政收费，至少需要799天。

事后，它的复制品被送至广州市主要领导的办公室，广州40多个部门领导人手一份。此图直接促使了广州新一轮的行政审批改革，通过并联审批等方式，将建设投资项目从799天的审批日程压缩至37个工作日。

“37个工作日，即使算上专家咨询、技术评审、公示等时间，总时间也不会超过145个工作日。”曹志伟在接受媒体采访时感叹，他原想能缩短至232天已非常满足，没想到政府的决心和力度比他想象的更大。

体制的突破带来了“广州速度”的提升：富士康项目落地广州不到50天，到动工也只用了100天的时间；苏黎世保险集团广东分公司，从拿到保监会批文到办好营业执照，只花了3天的时间；就连在美国要5到8年才能完工的百济神州生物制药项目，18个月就在广州建起来……

在改革中开放，在开放中蝶变。1978年，广州的经济总量大致排在全国各大城市的第8位。2017年，全球最具权威的世界城市研究机构GaWC发布的2016年世界级城市名册显示，广州首次入围Alpha级，成为全球49个世界一线城市之一，在中国内地仅次于北京和上海。

改革再出发➔
推动形成全面开放新格局

“我们能拥有今天响彻世界的自由品牌DECENT，完全归功于广交会。广交会不仅让我们企业由小变大，也促成我们由单纯的接单销售转变为品牌经营，这个转变是我们能够在激烈的竞争中立于不败之地，并且越来越强的关键。”上海顶新箱包有限公司总经理王向军在《亲历广交会》一书中写道。

说起广州的改革开放史，便不得不提到“中国第一展”——广交会。诞生于1957年的它，从出生起便肩负起打破西方封锁和禁运、拓展对外贸易、发展国内经济的时代使命。改革开放后，它也让广州因改革开放而兴，相伴见证了无数中国企业历经市场的磨砺，走上自主创新之路，助推我国在不到40年的时间里跃升为世界第二大经济体。

如今，紧邻广交会展馆，琶洲互联网创新集聚区正在如火如荼建设中，将成为新一代互联网产业的“风口”。广州市琶洲会展总部和互联网创新集聚区管理委员会主任郭明富告诉笔者，琶洲互联网创新集聚区定位为广州打造国际科技创新枢纽的新引擎，与珠江新城、国际金融城组成广州的“黄金三角”，是广州新的动力源和增长极。

根据规划，未来琶洲将以互联网服务及新媒体、新兴信息技术服务、量子通信、电子商务、新型金融、人工智能六大产业发展为主导。到2025年，仅琶洲西区互联网产业营业收入将达到5000亿元，新增就业人口10万人。

从商品经济到知识经济，所须汇聚的资源、要素正在发生改变，但不变的是广州改革开放的基因和精神。

在集聚区，广州抛弃了以往先拍卖再规划的模式，率先转变为“产业+地块”的全新模式，即由政府提前规划好未来发展方向，再根据规划进行产业招商。拍地的同时提前设置好产业门槛，符合要求的企业才有参与竞拍的资格。“集聚区提出来初期，相关部门已与有关方面企业接洽，当时有一批项目在谈，后来按照琶洲互联网创新集聚区更高的定位要求，在谈项目中只留下了腾讯一个项目。”郭明富透露。

开放广州为世界创造新机遇。如今，越来越多国际创新巨头用脚“投票”广州，思科智慧城、GE生物科技园、富士康第10.5代显示器全生态产业园、冷泉港价值创新园、赛默飞精准医疗客户体验中心等世界级产业创新项目接踵而来，“到广州去”成为世界新经济的一个新动向。

纵观改革开放40年，社会主义市场经济成就了广州。在白天鹅时代，广州得改革开放之先，拥抱市场经济，不断冲破体制束缚，让这个计划经济时代的国家非重点投资地区迅速跃升至全国前列。

在工业经济时代，广州以轻工业为发端，培育出电子信息制造业、汽车工业、石化三大支柱产业；在政策红利时代，依然稳步向前，经济总量常年保持国内前三，并逐步走向世界。

如今，全球新一轮科技革命和产业革命交会，站在新的历史起点，广州开始了知识经济时代的新征程——着力建设国际航运枢纽、国际航空枢纽、国际科技创新枢纽三大战略枢纽，打造全球性的枢纽型网络城市。目前，广州正大力发展新一代信息技术、人工智能、生物医药和新能源、新材料等战略性新兴产业，面向全球集聚高端资源要素。

世界经济论坛执行主席施瓦布说："广州是第四次工业革命的最佳实践地！"

2001年诺贝尔经济学奖得主、美国哥伦比亚大学教授约瑟夫·斯蒂格说："广州在中国对外开放的历史进程中扮演着非常重要的角色。"

沧海桑田，时代巨变。改革开放的春风，透过广州这扇窗吹绿神州大地，续写了万物复苏的"春天故事"。进入新时代迈向新征程，被春风唤醒的开放基因，仍在她的血液里流淌。

如果说深圳是改革的最佳案例，那么，广州则是开放的最佳注脚。

改革不停顿，开放不止步，广州在路上。

亲历者说

原广州珠江外资建设公司党组成员、设备材料组组长辜学海：

全国首创工程总承包模式

这些年，中国在基建方面取得的成就令世界瞩目，国家面貌日新月异。然而不为人知的是，我国基建领域体制改革的第一步却是发生在广州。

91岁的白天鹅宾馆工程参建者辜学海接受南方日报专访，带我们走进开启国内基建体制改革的那段历史。辜学海时任广州珠江外资建设公司（后改制为广州珠江实业总公司、广州珠江实业集团有限公司）党组成员、设备材料组组长，后来任广州珠江实业总公司党委书记、总经理。

南方日报：**作为内地首家中外合作五星级酒店，白天鹅宾馆当时怎么探索出工程建设施行总承包制的？**

辜学海：1979年的春天，香港知名人士霍英东等受邀，率先在广州沙面投资兴建一座现代化的五星级酒店——白天鹅宾馆。怀着爱国热情的霍先生，从一开始就提出“三自方针”，即由中国人自己设计、自己施工和采购、自己经营管理。

廖承志和当时的省市领导习仲勋、刘田夫、杨尚昆等同志对白天鹅宾馆项目很重视，省里成立了广东省旅游工程领导小组及其办公室，广州市成立的广州珠江外资建设公司以法人资格，与投资者签订了2亿港元总承包建造白天鹅宾馆的合同。

项目由我国两位岭南派建筑大师佘畯南、莫伯治牵头设计，由广州珠江外资建设公司建设，广州市设计院勘察设计，广州市第二建筑工程有限公司施工。广州珠江外资建设公司在这个时候成立，我当时是公司党组成员，兼任设备材料组组长。

大概在1979年，当时项目尚处筹建阶段。有一天在沙面岛的工棚里，时任广州市常务副市长兼广东省旅游建设工程领导小组副组长、办公室主任林西，跑过来兴奋地跟我们说道：他前一天陪中央领导散步，首长特别强调，中国的改革开放要特别突出“承包”两字，农村实行了家庭联产承包责任制，城市国营工厂企业也可以搞承包责任制，要把责任落实到人，要把国家与个人利益挂钩，不能再吃大锅饭了！按照中央的指示，广州珠江外资建设公司开创了“投资者出钱，承包公司交钥匙”的工程总承包模式。

南方日报：**工程总承包模式具体如何运作？放在当时的时代背景下，有何特别之处？**

辜学海：在施行总承包模式前，国内基建尚处于计划经济体制下的“国家投资，预算超概算，实际超预算，没钱找国家要”的“吃大锅饭”模式。我们就一改以往大型建设项目设立各种行政性指挥部、办公室负责组织的做法，以法人实体与投资者建造合同，工程总价一次签约“包死”，并实行有奖有罚的办法，用市场经济手段经营管理项目的建设，在全国基建战线上独树一帜。

具体说来，采用了“一手交钱，一手交钥匙”的总承包模式，主要做法包括：一是工程设计权由国内设计单位承担，总包单位控制了项目的主动权和总投资额；二是总包单位取得了设备和材料的采购权；三是对施工单位使用分包形式，实行“投资包干”做法；等。这个模式可以说是我们中国人真正的“自主发明”。

南方日报：**承包制提出来是否遇到了阻力，最后怎么解决的？**

辜学海：承包制提出后，当时也有一些质疑和议论。有人质疑我们是甲乙方之间的“皮包公司”，搞“中间剥削”，甚至有人以承包公司没有施工队伍为由，要求把公司“解散”。

但我觉得“实践是检验真理的唯一标准”，衡量该做法是否成功的标准，就是承包公司能否“按价、按时、按质”交出钥匙，交出去之后投资者乐不乐意接受。

事实证明，由于采用了工程总承包模式，工期和建造成本大为缩减，而且工程进度和质量一样都不差——平均每层结构仅需7.5天，跃上了国内领先地位。白天鹅宾馆被评为新中国成立60周年“百项经典暨精品工程”，荣获国家优质工程奖金质奖等奖项。后来，广州珠江实业集团有限公司又以工程总承包模式建造了中国大酒店、花园酒店、天河体育中心等广州市标志性建筑。

大事记

1979年

白天鹅宾馆项目正式动工；同年，广州提出敞开城门，欢迎外地人来穗经商。

1983年

内地首家五星级酒店——白天鹅宾馆正式开业。该宾馆由中国人自主设计、建设和经营。

1984年

中共中央、国务院决定进一步开放天津、上海、广州、湛江等14个沿海城市。广州市率先全面放开建筑市场，欢迎外地建筑队伍来穗参加建设，并普遍施行招投标。同年11月，广州率先在全国放开蔬菜价格。

2000年

广州在全国大城市中率先编制城市总体发展战略规划，提出了“南拓、北优、东进、西联”（后增加“中调”）发展战略并影响至今。

2010年

第16届亚洲运动会在广州举行。

2014年

琶洲互联网创新集聚区提出规划建设，被定位为广州科技创新新引擎。同年，中国（广东）自由贸易区获批设立，涵盖三大片区，其中广州南沙新区片区60平方公里（含广州南沙保税港区7.06平方公里）。

2016年

投资总额达610亿元的富士康8K项目签约落户广州增城。这是继思科中国创新总部、GE生物科技园、中远海运散货总部等重大项目后又一落户广州的创新型大项目，也是广州改革开放以来单笔投资最大的先进制造业项目。

2017年

《财富》全球论坛在广州举行，吸引了包括152家世界500强企业在内的近400家中外企业参会。同年，广州市提出“IAB”计划，即发展新一代信息技术、人工智能、生物科技等战略性新兴产业。

风起深圳：从蛇口到前海

文/郑佳欣　张玮　赵杨　何康杰　丁侃　张光岩

40年，沧海桑田，时代巨变。

在深圳蛇口的大南山脚下，“时间就是金钱，效率就是生命”的大金字标语牌熠熠生辉。中国改革开放初期，这一声直叩人心的呐喊冲破思想禁锢，是广东“杀出一条血路”改革气魄的凝练。

1979年，深圳蛇口，开山填海的炮声炸响，犹如惊蛰春雷，唤醒广东先行一步，竞逐世界潮流。一个小渔村向大都市蝶变的生动故事，演绎着改革开放的广东奇迹。

历史转折总是惊人地相似。

党的十八大后，习近平总书记开启履新后的第一次国内调研，来到深圳，向世界发出“改革不停顿、开放不止步”的郑重宣示。2014年12月，国务院决定设立中国（广东）自由贸易试验区，与蛇口仅一山之隔的前海成为新一轮改革开放“桥头堡”，在一片泥泞滩涂上迅速崛起。2017年，前海每平方公里注册企业增加值突破100亿元，前海蛇口自贸片区已经成为我国发展最快、效益最好的区域。

从蛇口到前海，从“三天一层楼”的“深圳速度”到“三天一制度”的前海创新，广东深圳成为世界观察中国“复兴号”行进方向的窗口。

迎来不惑之年，奔流不息的改革大潮涌向了历史转口。2018年3月7日，习近平总书记参加十三届全国人大一次会议广东代表团审议，他强调：“开创广东工作新局面，最根本的还要靠改革开放。”

改革开放永远在路上，从蛇口到前海，是最好的实践。

从蛇口到前海，改革发展浪潮风起云涌，不变的是改革者以及这座城市的理想主义情怀和永葆青春的不息梦想。风起深圳的春天故事，还在续写着更为动人的篇章。

先行先试➔

蛇口炸响开山炮　4分钱惊动中南海

“960万国土疆域不显蛇口，数十载改革开放史必述蛇口，因为蛇口是和一个大时代紧紧联系在一起的……”蛇口改革开放博物馆的展览前言，引人留步。

“文化大革命”结束不久，百废待举。广东省委深感改革开放时不我待。在这历史转折关头，1979年4月，中央工作会议召开。据中共党史出版社出版的《习仲勋主政广东》一书披露，时任广东省委第一书记的习仲勋在中南组发言说，现在中央权力过于集中，地方感到办事难，没有权，很难办。接着他提出：“广东邻近港澳，华侨众多，应充分利用这个有利条件，积极开展对外经济技术交流。这方面，希望中央给点权，让广东先走一步，放手干。”

习仲勋的建议得到了邓小平同志的支持。根据邓小平的建议，中央作出关于充分发挥广东、福建两省的有利条件和在深圳、珠海、汕头、厦门等地试办出口特区的决定。同年9月，习仲勋点将吴南生“去当中国的孙悟空”，全力负责全省三个特区的规划和筹建工作。广东的改革开放全速起航！

彼时，袁庚自香港招商局涉海而来。这位61岁的招商局常务副董事长在深入考察后，提出在临近香港的广东沿海建立工业区，既能利用内地较廉价的土地和劳动力，又便于利用国际的资金、先进技术和原料。1979年1月31日，袁庚和时任交通部副部长彭德清向李先念、谷牧汇报在广东建立蛇口工业区的设想，得到批准，招商局蛇口工业区从此创立。

1979年7月8日，招商局蛇口工业区基础工程正式破土动工，蛇口工业区响起填海建港的开山炮。建设现场热火朝天，差不多几天就炸开一条路来。

从建设之初，大刀阔斧的改革便构成了探索蛇口工业区建设的主线。“4分钱惊动中南海”的往事，至今还被人们津津乐道。

蛇口的首项工程就是建设蛇口港，顺岸码头当年由交通部四航局承建。由于吃平均主义“大锅饭”，工人干得没劲，每人每天运泥20—30车。工程进展缓慢，袁庚着急。为了调动工人的积极性，四航局工程处开始实行定额超产奖励制度，完成定额，每车奖2分，超定额者，每超一车奖4分。工人热情高涨，主动加班，最多一人一天可运泥131车，领取4.14元奖金。

1980年4月，这个行之有效的奖励制度被上级有关部门勒令停止，理由是

A04-A05 时局

壮阔东方潮 奋进新时代——庆祝改革开放40年

风起深圳：从蛇口到前海

蛇口炸响开山炮 4分钱惊动中南海

以实际行动将改革进行到底

“时间就是金钱”口号风行全国

面向世界画出最美最好的图画

企业争相落户 常加班“敲”协议

为了“纠正滥发奖金的偏向”。奖金撤下，运泥量也跟着下去了。袁庚拍案而起，这4分钱的“官司”一直闹到中央领导的案头。

在中央的支持下，超产奖励重新开始执行，工地再次火热起来。这一创新性举措拉开了蛇口全面改革，特别是分配制度改革的序幕。

就在蛇口工业区筹建半年后，深圳特区在1980年8月正式成立。春天的气息，从南海边画就的这个小圆圈里弥漫出来。

一时间，外资纷纷涌入。两年时间，蛇口的企业已超过百家。

1984年，蛇口组建了一级地方行政组织——蛇口工业区管理局，虽隶属深圳，但主要政府领导由工业区产生，并得到了一些市级政府拥有的权力，拥有一定独立的自治权。当时其他地方成立企业走流程要3个月，而在蛇口，企业从申报成立到拿批文只需10天。

76岁的李发辉清晰记得，1979年8月15日，他由罗湖海关调往蛇口，任深圳海关蛇口工业区办事处关员，见证了改革开放为这片土地带来的深刻变化。让李发辉自豪的是，蛇口工业区还诞生了最早的“保税区”“免税店”雏形。20世纪80年代，蛇口工业区内陆续产生多家购物中心，人们争相购买饮料、面粉、洗衣机、电视机……

从1979年到1984年，“蛇口试管”开启一次摧枯拉朽般的试验。

袁庚在总面积不足11平方公里的蛇口工业区率先推行了工程招投标、干部人事制度、劳动用工制度、劳动分配制度、城市居民住房制度、社会保障制度等，创造了24项全国第一。

正是这些“第一”，最终沉淀成为社会主义市场经济的常识。

“时间就是金钱，效率就是生命”标语牌（蛇口改革开放博物馆供图）

解放思想➔
“时间就是金钱”口号风行全国

1981年底，一块写着“时间就是金钱，效率就是生命”的巨型标语牌竖立在蛇口工业区最显眼的地方。

袁庚生前在接受南方日报记者采访时，讲起了这块标语牌背后的“香港第一课”。1978年，袁庚初到香港，为了业务发展，需要购买一栋大楼。袁庚与卖主谈妥后，约定在星期五下午2时预付定金2000万港元。当天下午2时，袁庚准时到达律师楼。香港卖主如期而至，汽车停在门外没有熄火，等办完交易手续，一接到支票，立即安排专人跳上汽车直奔银行。原来接下来是周末，银行不上班，如果当天下午3时之前支票不能交给银行，三天就要损失近3万港元的利息。这让“时间就是金钱”的观念开始在袁庚脑海中发芽。

在袁庚看来，观念与改革相辅相成，要使改革取得成功，观念的转变很关键。

然而，这个口号从诞生之日起就招来各方争议，成为“姓社姓资”争论的火力集中点，很多人开始指责袁庚。有人说袁庚既要钱又要命，比资本家还狠。

在蛇口，这块标语牌几次竖起，几次摘掉。袁庚坦言：“写这标语时，我是准备‘戴帽子’的。”

1984年1月26日，邓小平在深圳考察两天后来到蛇口。袁庚在汇报中说：“我们有个口号，叫‘时间就是金钱，效率就是生命’。”邓小平的女儿邓榕提示说：“我们在路上就看到了。”邓小平短促有力地回答：“对！”

这时候，蛇口工业区干部们的心头大石才算落地，袁庚长吁了一口气。

数月后，在北京举行的新中国成立35周年大庆上，当深圳的彩车从天安门广场通过时，亿万人民从电视里看到“时间就是金钱，效率就是生命”的醒目标语。“标语中所包含的新观念、新办法、新作风，逐渐在全国得到广泛的认同。”蛇口改革开放博物馆顾问林小静说。

腾讯董事会主席兼CEO马化腾撰文称，自己十几岁时第一次来到深圳，看到了著名的“时间就是金钱，效率就是生命”的标语牌，内心立刻被深深地震动。

“这是当年中国整个政治经济环境下不可能听到的大胆想法，但又像夜幕中的一道闪电、春天里的一声惊雷，时不我待，深圳从此成为全国的创业热土。”马化腾说，如果不是它，很难想象，深圳会拥有全国最多的本土知名企业。

也就在那时，蛇口成了中国最热闹的地方。

蛇口需要人才，袁庚大胆提出人才全国招聘、干部能上能下的方案。随后蛇口通过招考引进了大批人才，而且到蛇口工作的干部无论过去职务有多高，都只保存在档案里，量才任用。

蛇口吸引了广东湛江市八甲水电厂的工人马明哲。1983年夏天，他先是在蛇口工业区劳动人事处工作，两年后进入蛇口工业区社会保险公司担任副经理。那时，而立之年的马明哲敏锐地发现企业对保险的需求，开始谋划成立中国第一家股份制保险公司——中国平安。

蛇口也吸引了复员转业的任正非，他先是在南海石油后勤服务基地工作，后于1987年创立华为。

王石也来了。他后来感慨说：“听到蛇口提出的‘时间就是金钱，效率就是生命’后，才知道应该为财富而奋斗。一开始是为自己，然后就是为社会。”

这里的企业展现出了勃勃生机，平安、中集、招行、万科、华为在这里快速成长。

蛇口社区基金会执行秘书长陈风就是那时候来到蛇口工作的。“‘时间就是金钱，效率就是生命’不仅表现出深圳的思想解放，更表现出深圳的实干。”从三洋工厂、南玻集团、南顺面粉厂到走出蛇口的招商银行、平安集团，目睹着从蛇口走出的知名企业成长壮大，陈风有无限的自豪感。

当1992年75岁的袁庚退休时，蛇口的人均生产总值已经达到了5000美元，可与“亚洲四小龙”比肩。

而在“时间就是金钱，效率就是生命”的激励下，深圳创造出多项“中国第一”和让世界震惊的“深圳速度”，让一个边陲渔村迅速发展成现代化国际大都市。

前海接棒→面向世界画出最美最好的图画

蛇口开发31年之后，在与蛇口半岛连接依存的前海，启动了新一轮改革探路。

满头银发的郑宏杰回忆起2010年1月，53岁的他被“点将”担任前海管理局首任局长，仍然备感激动。这一年，深圳前海深港现代服务业合作区成立，立志在中国新一轮改革开放中再立潮头。

“当年的袁庚杀出了一条血路，经过30年，很多制度已经形成，我们要通过改革和创新，探索适合未来发展的新体制机制。”郑宏杰说。

郑宏杰不会忘记这一天——2012年12月7日，习近平总书记在党的十八大后离京考察第一站就来到了深圳，在深考察的第一站就选择了前海深港现代服务业合作区。

“要发挥特区人敢为天下先的精神，推动前海发展‘一年一个样’。”在前海标志性景观“前海石”旁，习近平总书记亲切叮咛。

“依托香港、服务内地、面向世界，精耕细作精雕细琢，画出最美最好的图画。”

“要敢于吃螃蟹。都授权给你们了嘛，要大胆地往前走。”

习近平总书记给前海的发展定下了方向。“当天一回去，我们马上传达了总书记的讲话精神，大家深受鼓舞。那种干事创业的激情，就像当年蛇口开山第一炮、深圳开发建设时一样，所有人的心思都扑在工作上。”郑宏杰说。

起步之初，前海条件艰苦。郑宏杰回忆，管理局刚成立时，前海还是一片滩涂。最初是在园区外租楼办公，随着建设的提速，管理局决定把办公楼搬到一线。本着节约高效的原则，333个退役集装箱被就地搭配组装成前海管理局综合办公楼。

就是在这里，一项项制度创新成果不断推出。“当时，我们经常通宵达旦地讨论，有一次围绕前海深港现代服务业合作区条例的制定等工作，我们从晚上讨论到次日凌晨5时。”前海蛇口自贸片区管委会副主任、前海管理局副局长王锦侠说，在前海成立初期遇到的各种困难中，最大的困难就是“如何创新制度设计”。在无数次思想碰撞后，法定机构运行模式、部际联席会议机制、E站通服务模式等制度设计逐步清晰。

2012年6月底，国务院批准前海实行比经济特区更特殊的22条先行先试政策。“‘对外开放’是其中最为显著的特征，突破力度非常大。”王锦侠说，从前海的发展看，这套创新体制机制的作用和威力已经显现。

深港合作是招商的重点之一，目前平均每天有7家港企落户前海。

从香港中文大学毕业的邢程，2014年来到前海，成为前海金融控股有限公司招聘的首批5名港籍员工之一。让邢程印象最深刻的，是前海作为深港合作中的“探路者”角色。

初来前海，邢程就被安排负责跟进两个项目。其中一个是推动前海金控与恒生银行一同在内地设立首家港资控股合资基金管理公司——恒生前海基金管

■1979年7月，蛇口轰然响起填海建港的开山炮，后人称之为中国改革开放的“第一炮”（蛇口改革开放博物馆供图）

理有限公司。公司于2016年6月获证监会核准设立，同年9月在前海开业。

“在这里，很多项目都被冠以‘全国首家’‘第一单’之名，作为参与和推动者之一，我深知金融改革和创新的艰辛和困难，这让人很有成就感。”邢程说。

“大家都有一种为梦想而奋斗的干劲，梦想的力量让我们和前海血脉相连。”直到现在，郑宏杰还会隔一段时间就到前海走走。

如今，“前海石”已成为各地考察团和访客的必到之处。站在这里环顾四周，曾经的一片滩涂已初显一座国际化滨海新中心的模样，道路四通八达，水廊道初具雏形，80多个工地同步在建，高楼大厦如雨后春笋，机器轰鸣，车水马龙，一派繁忙的建设景象。

拔地而起的高楼背后，改革创新的一个个大动作更激动人心。2015年4月

27日，中国（广东）自由贸易试验区前海蛇口片区正式挂牌成立。蛇口以“黑马”姿态纳入自贸区范畴，使片区外溢优势和辐射力激增。

新老两代“特区中的特区”携手再出发，让人们对这里的未来更加充满期待。

在前海管理局产业促进处处长张锋看来，“千军万马都跑起来了，很多事情都铺开了，投资前海的港企数量和质量都取得了较快增长”。前海蛇口片区挂牌三年来，片区注册企业从7.39万家增至16.86万家，日均增加80余家，企业数量占广东自贸区比重58.4%，占全国自贸区比重37.9%。

“现在，我到前海都认不出路了。”郑宏杰说，“前海的路通了，楼建起来了，我们没有辜负总书记的嘱托，我们努力了，我们做到了。”

接续奋斗➔
以实际行动将改革进行到底

从蛇口到前海，两个“特区中的特区”接续奋斗的故事，更是深圳这座城市改革创新的生动注脚。

20世纪90年代中后期，蛇口一度沉寂下来，背后是深圳特区和更多经济开发区的快速崛起。

在陈风、林小静等老蛇口人看来，改革开放从一马当先到万马奔腾，蛇口的作用就在于此。

1992年，邓小平南方谈话让深圳吃了一颗定心丸。在深圳这片创业的热土，每一个人都能感受到那股“明知不可为而为之”的拼劲和闯劲。

腾讯在华强北一个忙乱的楼房里孕育而生。马化腾感慨说：“我一个只会写软件的书呆子，都被感召到去创业创新，这和整个深圳的环境是分不开的。”

而深圳乃至广东日益成熟的改革也挽救了襁褓中的腾讯。1999年左右，QQ用户疯涨，但马化腾已没钱买服务器，他四处融资不得，腾讯处在存亡关头。此时，深圳市政府举办了第一届高交会，马化腾借此获得IDG和盈科数码的风险投资。

当年一批在蛇口创业的企业也带着“蛇口基因”，在更大更新的环境中继续发扬改革创新的精神。

距离蛇口20多公里，600米高的平安国际金融中心，是深圳第一高楼。这座大厦的拥有者，是被袁庚称作“蛇口基因最好的传承者之一”的中国平安集团，总资产已逾4万亿元。

而在创新“无人区”攻坚跋涉的华为公司，不久前亮出2017年成绩单——实现全球销售收入6036亿元，同比增长15.7%。

从蛇口到前海，从中国平安、华为到腾讯，社会主义市场经济在改革创新中焕发出勃勃生机。数据显示，深圳的国家级高新技术企业达到1.12万家，2018年PCT国际专利申请量突破2万件，占全国四成以上。

在深圳，在广东自由贸易试验区前海蛇口片区，新的梦想正在启航。

2018年3月，习近平总书记参加十三届全国人大一次会议广东代表团审议时，对广东提出了“四个走在全国前列”的殷殷嘱托。深圳正在拿出特区新担当，勇担特区新使命，体现特区新作为，作出特区新贡献，努力在全省实现“四个走在全国前列”上走在最前列。

2018年4月27日，中国（广东）自由贸易试验区前海蛇口片区公布了自贸区挂牌三年来的改革创新成果。数据显示，截至2018年3月，前海蛇口片区已累计推出制度创新成果358项，即平均3天左右就推出一项。

“目前，前海蛇口面临着在新时代如何深化改革开放的问题，有必要打造2.0升级版，把体制机制创新的能级提到新的水平。”王锦侠说，前海蛇口要立足“改革开放再出发”新起点，把自贸区建设质量提升到新高度，推动前海蛇口建设现代化经济体系、构建新的对外开放格局，走在全国最前列。

作为最早入驻前海的港企代表之一，香港律师林新强敏锐地捕捉到广东加快形成全面开放新格局带来的新机遇。2014年底，华商林李黎律师事务所成为中国第一家获批的粤港联营律师事务所，林新强作为港方管理合伙人，平均每周都要来前海3次左右。

80后香港青年陈升则深刻体会到“坐在风口上”的感觉。2015年，他带领团队入驻前海蛇口片区，成为首批在这里创业的香港团队。创业不到1年，这家企业便获得首轮融资5000万元。2017年起，公司又利用平台所累积的国际网络，协助中国品牌走出去。

当年“吃螃蟹”的深圳精神，如今正在广东自由贸易试验区前海蛇口片区经历新生，制度释放出的发展红利吸引着新一代的年轻人，也为经济高质量发展提供着强大的体制机制支撑。

在蛇口工作生活30多年的陈风，又有了新的事业。作为蛇口社区基金会执行秘书长，她每个周末都要奔走在各个公益活动的现场。

“我们正在整合各方资源，发动更多的蛇口社区居民参与到公益活动中来，孵化更多的社会组织，让蛇口更加文明、幸福。”陈风说，他们将不断挖掘这里改革创新的故事，让改革创新的精神不断发扬光大。

40年风雷激荡，“将改革进行到底”凝聚起越来越多社会共识，成为新时代的最强音。

从蛇口到前海，越来越多像张锋、陈升一样怀揣梦想的人们正在以实际行动将改革进行到底，为实现“四个走在全国前列”贡献力量。

亲历者说

在蛇口工作生活40年，蛇口改革开放博物馆顾问忆往昔感慨沧桑巨变

企业争相落户　常加班“敲”协议

“1969年，我随着爸妈，一家人来到蛇口，当时这里只有随意搭建的木棚和蚝民房，生活条件很艰苦。”站在蛇口改革开放博物馆的一幅老照片前，林小静仿佛又回到了当年的青葱岁月。

1979年，林小静高中毕业后，来到招商局蛇口工业区建设指挥部文印室担任打字员，之后又成为工业区办公室秘书，直到2013年光荣退休，一路见证了蛇口的发展变迁。2017年，蛇口建立了改革开放博物馆，专门聘请她回来做顾问，负责向社会征集有关蛇口改革开放以来的回忆录、老物件、老照片……“每次拿到一些老物件，都会勾起我很多回忆，40年弹指一挥间，蛇口却是沧海桑田啊。”

“蛇口春雷”响起
几天就开一条新路

在蛇口改革开放博物馆展厅，林小静指着一张领导干部在集装箱前合影的照片说，蛇口的建设可谓“筚路蓝缕，以启山林”，那时的蛇口连砖瓦房都没几间，指挥部的办公室就设在集装箱和租来的蚝民房里。这种情况一直持续到蛇口工业区建设伊始。1979年7月8日，招商局蛇口工业区基础工程正式破土动工，蛇口工业区响起填海建港的开山炮。“这就是著名的‘蛇口春雷’，”指着开山炮的照片，林小静说，“炮声响起时，地动山摇，之后的几个月时间里，每天都响起轰隆隆的开山炮声，几天就开出一条新路。”林小静兴奋地说着，话语间满是自豪。

“时间就是金钱，效率就是生命”“空谈误国，实干兴邦”这些蛇口当年的口号至今都是林小静工作生活的座右铭。她说，这也是他们那一代蛇口人共同的气质。从1979年到1984年，蛇口创造了24项全国第一，也推行了多项改革和创新，经历了奇迹般的快速发展。作为打字员的林小静，当时每天都在办公室加班加点，用手动打字机敲出蛇口一份份重要文件。“刚开始打得最多的是各种征地协议，过了几个月，打得最多的是企业落户蛇口的合作协议。”她说。

高效运作
企业申请成立只需10天

随着经济的发展，人们的消费品位也在提升。1982年，国内第一家中外合资经营进出口商品并收取外汇的商店——招商局蛇口工业区购物中心开门营业。

“开业当天，排队的人特别多，正式开门的一瞬间，大家都拼了命往前挤，把玻璃门都挤碎了。”林小静至今还清楚地记得当时的场景，购物中心开张第一天就卖出约50万港元的货物，其中销量最好的是电视机和电风扇。“当时的办公室是铁皮房，闷热难耐，所以我也去抢购了一台电风扇。”

林小静还说，当时蛇口的工作效率特别高，拥有项目审批权、进出口物资审批权、人事权等，工业区可以根据企业需要处理许多事情，不需要层层请示，往返周折。“当时在一些地方，企业申请成立要走3个月的流程，而在蛇口只需10天。”部分行政权力的下放为万科、平安、华为等数个跻身世界500强的大企业的诞生创造了有利条件，最鼎盛的时期，蛇口一度有300多家企业。

“40年里，蛇口的改变让人们看到速度，看到希望，很多当年离开家乡的同学又回来投资、生活。”讲述着40年的巨变，林小静脸上总是洋溢着灿烂的笑容。她说，蛇口曾是中国改革开放历史中具有标志意义的地方，作为老蛇口人，她希望这里继续写好改革故事，继续享有这份荣光。

大事记

1979年

中央批示同意香港招商局在宝安创办工业区，蛇口工业区诞生。

1981年

蛇口工业区建设指挥部总指挥袁庚提出“时间就是金钱，效率就是生命”的口号。

蛇口工业区公开招聘企业管理干部，实现国内人事制度的重要突破。

1983年

蛇口工业区从首届管委会成立开始，受聘用干部就接受群众的监督，每年由群众投一次信任票。

蛇口工业区率先打破平均主义“大锅饭”，实行基本工资加岗位职务工资加浮动工资的工资改革方案，基本奠定了与市场经济相适应的分配制度。

1984年

蛇口组建了一级地方行政组织——蛇口工业区管理局，虽隶属深圳，但主要政府领导由工业区产生，并得到了一些市级政府拥有的权力，有一定独立的自治权。

1987年

中国第一家企业创办的股份制银行——招商银行开业。

1992年

蛇口迎来了发展的转折点，蛇口工业区竖起了“空谈误国，实干兴邦”的标语，成为加快改革步伐的宣言。

2009年

蛇口提出“再造新蛇口”，希望将蛇口发展为深港高端服务业、创新产业合作的先行区。

2010年

国务院批复《前海深港现代服务业合作区总体发展规划》，标志着前海深港现代服务业合作区正式成立。

2012年

前海纳入深圳土地管理制度改革综合试点范畴，同年国务院提出支持前海开发开放的22条先行先试政策。

习近平总书记在党的十八大后离京考察第一站就到前海，对前海开发开放作出“依托香港、服务内地、面向世界”等一系列重要指示。

2014年

经中央批准，前海深港合作区与蛇口一同纳入中国（广东）自由贸易试验区。

2015年

广东自由贸易试验区前海蛇口片区正式揭牌。

奔腾珠海：从拱北口岸到港珠澳大桥

文/曹斯　陈捷生　林郁鸿　梁涵　曹丹龄

花开盛夏，阳光璀璨。珠海拱北口岸广场人头攒动，“珠海经济特区好”七个大字熠熠生辉。

这七个大字，是改革开放总设计师邓小平1984年首次视察珠海时给“襁褓中”的珠海经济特区的肯定、鼓舞与鞭策。

40年来，这个珠江西岸的城市，在改革开放的滚滚春潮中奋勇前行。拱北口岸从当初的一个渔村小关口，一跃成为“全国第一大陆路口岸”。

从拱北口岸向东眺望，雄伟的港珠澳大桥飞跨伶仃洋。这座“世纪大桥”把港珠澳连为一体，三地人流、车流、资金流、信息流将愈发畅通。随着港珠澳大桥的通车，加上大湾区、自贸区、自创区建设等国家政策优势交汇叠加，珠海历史性地站在了粤港澳大湾区的中心连接点，吹响了“二次创业”的号角。

改革开放的浪潮，奔腾不息。奔腾珠海，因改革开放而生，因改革开放而兴，也靠改革开放赢得未来。

敢闯敢试➔
新特区为改革开放而生

每年出入境客流超过1亿人次，单日客流量最高达44万人次，单票货物通关时间只要5分钟……如今，珠海拱北口岸已是全国乃至全亚洲最繁忙的旅检口岸。

而40年前，珠海还是一个小渔村，被指只有“一条街道、一间粮站、一间工厂、一家饭店”。

1980年8月26日，《广东省经济特区条例》由第五届全国人大常委会第十五次会议批准通过。正是那一年，珠海360余平方公里的陆地面积上划出了一块6.81平方公里的土地，成为改革开放的试验田——“经济特区”。

经济特区是新生事物，无先例可循，更没有现成的经验可借鉴。

“这件事你没有做过，我也没有做过，大家都没有做过，所以不可能按老章法办事。相信你会大胆往前闯的，省委也一定支持你。”当时主政广东工作的习仲勋同志这样勉励赴珠海任第一任市委书记的吴健民。

这是一条新路，要有摸着石头过河的勇气，更要有开放、实干、创新的精神。与港商的首次合作，便给特区建设者们上了重要一课。

曹光彪有着“香港毛纺大王”之称，是香港永新企业有限公司董事长、澳门纺织品有限公司董事长。在特区还在筹办的时候，他就带着过人的胆识和眼光来了。他提出在接近香港或澳门的地方投资开办一间现代化毛纺厂，由内地负责提供土地，香港永新负责提供机器设备、厂房图纸和人员培训。

这个大胆的想法成为现实。1978年11月，香洲毛纺厂开始在珠海动工建设，翌年11月正式投产。开业剪彩当天，10多个国家和地区的记者闻声而至，将香洲毛纺厂称为“中国试办经济特区最早的花朵”。

然而，工厂投产初期，问题和矛盾暴露出来了：产品质量合格率仅为87%，投产第一年的月平均产量仅完成生产指标的58.8%。珠海方面多方了解诉求、化

20世纪80年代初，石景山旅游中心建成，系珠海率先引进外资兴建的涉外宾馆（李志均／摄）

A06-A07 时局

壮阔东方潮 奋进新时代——庆祝改革开放40年

奔腾珠海：从拱北口岸到港珠澳大桥

解读广东改革密码

新特区为改革开放而生

港珠澳大桥打开三地合作新空间

小平题词"珠海经济特区好"

首开全国重奖科技人才先河

回望1984："南山速度"媲美"蛇口速度"

展望2018："二次创业"续写特区精彩

大事记

解矛盾，毛纺厂全面停机整顿。经过整顿，毛纺厂月产量增长18.8%，劳动出勤率达到99.8%，设备利用率平均每天90%。外商评价其产品已经达到港澳地区的先进水平，超过了韩国和中国台湾地区的产品。

吴健民曾在其《创办珠海特区五年的回忆》一书中回忆：特区之特，重在解放思想，重在直面问题，“学费是愿意交的，但是，我们也不放弃探求一条少交学费或者不交学费的路子。”

很快，与曹光彪一样触觉敏感的澳门商人吴福也来了。1979年的珠海没有一家像样的酒店，仅在拱北有一间侨社，在香洲有一间招待所。吴福即与珠海方面接洽，希望把国外先进的酒店管理经验引进国内。

当年，国家还未制定有关中外企业合作经营方面的法律法规，珠海率先采用“我方提供土地，外商负责资金”的合作经营方式，引进外资兴建涉外宾馆——石景山旅游中心，正式拉开我国中外合作经营的序幕。酒店正式开张营业的第一季度，便获得纯利润70多万港元。

港澳商人在珠海的大胆尝试，让这个渔村散发出开放的气息。作为祖国大陆的“南大门”，与澳门仅一墙之隔的拱北口岸，感受到的变化最为直观。在拱北海关有着近30年海关旅检工作经历的郭蕾回忆：“一到大忙时节，旅检现场就像火车站般人山人海。”

彼时，海关检查采取“人人过筛，件件开包”细查细验的方式。面对“国门”打开后的人如潮涌、货如轮转，老办法难以为继。为方便旅客合法进出，从珠海拱北、深圳罗湖等口岸开始，中国海关对旅检监管制度进行了数次重大改革，让旅客在内地与港澳之间顺畅穿行。

拱北海关的改革，更让全球看到了开放的珠海。1980年，划归海关总署直接领导下的拱北海关，开始承担具有历史意义的任务：对特区需用的进口物资实行优惠税制。

优惠税制成为搞活特区经济的第一根杠杆，从进口物资到投资实业，三资企业在特区扎根结果、开枝散叶，从形成产业链、引进高科技产业，开放的珠海经济特区迸发出前所未有的活力。

1980年，是珠海经济特区的起步之年。新特区为改革开放而生。珠海一系列“首个”“首办”“首创”“首推”成为这一使命的注脚，凝聚了建设者敢为人先、迎难而上的勇气和担当。

在大力招商引资、推动发展的同时，珠海却坚持“只引进技术含量高、附加值大的项目，有污染的一概不能进入”。这一思路使珠海成为了走可持续发展道路的典范城市。当污染逐渐成为一种城市病，她留住了珍贵的“珠海蓝”。

■从珠海拱北等口岸开始，中国海关对旅检监管制度进行了数次重大改革，方便旅客通行。图为拱北口岸广场（张梓望／摄）

甩掉包袱➔
小平题词“珠海经济特区好”

今天的拱北口岸广场，人流如织。在和煦的阳光下，广场上“珠海经济特区好”七个大字熠熠生辉，不时有旅客在此合影留念。

许多人不知道，这七个大字对特区开荒者而言，有着怎样的重大意义。

1984年，特区发展进入了第五个年头，一系列改革和建设都在加快推进。但是，由于改革要破除原有的体制机制束缚，在探索过程中也不断面临新问题、新挑战，社会上对试办经济特区出现了不同声音。

当年1月，在特区发展的关键时期、艰难时刻，改革开放总设计师邓小平来了。

《珠海市志》中的《邓小平两次视察珠海纪实》一文提到，中午时分，车子直奔新落成的珠海宾馆。午宴在翠城餐厅举行。考虑小平同志来珠海视察，机会难得，大家都希望他能给珠海题词鼓励，并把提请题词的任务交给宾馆负责人张倩玲。午宴开始前，张倩玲就准备好笔墨、宣纸和写字台。待小平同志坐定后，时任珠海市委书记吴健民紧挨着坐下。趁还没有上菜的间隙，张倩玲轻轻走过来，低下头轻声地在小平同志的耳边说："请您给我们珠海题词留念，好吗？"小平同志抬起头来，思索着，随后，缓缓地说了一句："哦，你看写什么？"吴健民一听，知道小平同志已答应了题词，马上说："对珠海经济特区评价之类的话……"

小平同志没有说话，只是轻轻地点点头，随即站起来，健步走向旁边摆着宣纸、笔墨的写字台。他拿起笔，思考片刻，蘸墨挥笔，"珠海经济特区好"七个大字跃然纸上。在场的同志深受鼓舞，报以热烈的掌声。

"'珠海经济特区好'的题词，是他对中国创办经济特区决策在经过四五年实践之后的又一次肯定，也是他对珠海特区建设的鼓励。作为特区'拓荒牛'之一，我感到一丝欣慰。"多年以后，吴健民在口述史《创建珠海特区的甘苦岁月》一文中如是说。

这七个大字，极大地激发了特区建设者敢为人先、改革创新的激情和勇气，使他们甩掉思想包袱，全力投入到改革开放的事业中。

数据显示，到1985年底，珠海共有140多家企业相继诞生。随后，珠海经济特区工业发展总公司、丽珠制药、凌达压缩机、佳能代工厂等一大批外资、合资、独资企业落地生根，格力电器等一批如今依然响当当的本土品牌企业也孕育而生。

解放思想➔
首开全国重奖科技人才先河

“老人家就是路过这里，指着窗外说‘过去这里是一条石头铺的小路……’”省委原常委、珠海市委原书记梁广大曾对南方日报记者回忆起那段风云激荡的岁月，久久不能平静。

20世纪80年代末90年代初，对特区发展的迷思再次涌起。

在这关键时刻，邓小平第二次视察珠海，并就改革开放的诸多问题发表了一系列影响深远的重要讲话，为特区发展指明了方向，坚定了珠海继续推动改革开放大业的信心。

那是1992年，又一个春天。1月23日上午，在深圳蛇口，邓小平登上拱北海关902快艇，目的地是珠江西岸的一个经济特区——珠海。

“轮到我汇报时，我说，小平同志，你上次来珠海到现在已经8年了，珠海变化很大。你1984年来时工农业产值仅4亿元，现在增加到100亿元……”梁广大曾对南方日报记者回忆，正是在这艘海关快艇上，邓小平作了重要讲话，强调发展是硬道理，特区思想应该更解放一些，胆子应该更大一些，步伐应该更快一些。这些论断成为了小平南方谈话中最重要的部分之一。

在亚洲仿真系统工程有限公司，当得知公司研制项目被列入国家火炬计划，科技人员多是硕士以上学历，邓小平再次强调了“科学技术是第一生产力”的论断。

在珠海的第5天，邓小平一行来到拱北口岸，登上粤海大厦最高处的旋转餐厅，眺望珠海与近在咫尺的澳门。在这里，邓小平说：“广东发展情况如何，影响很大，我们要用我们的实践证明社会主义制度的优越。但这有个过程。10多年的建设使这里发生了很大的变化，要坚定不移地沿着改革开放的道路走下去。”

南方谈话像一股清风拂向珠海，从思想和理论上为进一步推进改革开放扫除了障碍。

1992年3月9日，遵照邓小平关于“科学技术是第一生产力”的讲话精神，珠海举行了“科技进步突出贡献奖励大会”，在全国首次对有突出贡献的科技人员实行重奖。

原珠海市科技局政策法规科科长吴寿仁和许亚冰的回忆文章《科技重奖的背景和必然性》介绍，这种“破天荒”的做法让当时起草方案的相关人员心中不免忐忑，“有人说国家级的科技奖励不过一两万元，小小珠海有什么了不起，科技成果值得奖励上百万元？”

梁广大后来解密，“百万重金奖励科技人才”是当时对小平同志汇报过的，也得到了他的赞成。这让珠海顶住了来自各方面的反对和非议，使“科技重奖”之举掷地有声。

那次大会，共5个项目获奖。110多万元的奖金，在20世纪90年代初可谓相当大的数额。如同平地一声惊雷，珠海“科技重奖”迅速成为国内外关注的中国科技体制改革聚焦点，吸引了海内外一大批科技人员、科研机构和科技企业南下珠海。

据不完全统计，在大会举行后的一个多月时间里，珠海市科技部门就收到270多封合作开发科技项目的信函。在实施科技重奖的前3年中，共有2.3万名科技人员、800多名海外留学人员要求到珠海，共吸引投资8亿多元人民币。

正是这一年，史玉柱、求伯君、雷军、董明珠……这些被誉为“92黄金一代”创业者们来了。他们在珠海起步，在大时代的变革中发现机遇，收获人生的“第一桶金”，成为中国的创业英豪。如今，董明珠带领的珠海格力电器股份有限公司，不仅成为中国首家营收破千亿的家电上市企业，也在世界舞台上擦亮了中国制造品牌，为中国制造代言。

类似的创客筑梦故事，延续至今。

2010年，博士张云飞怀抱创业梦想而来，创立珠海云洲智能科技有限公司。因为他的感觉是："这里生态环境好，生活成本低，人才政策好，幸福感强。"

短短几年，张云飞的创业团队先后推出世界第一艘环保无人船、国内领先的海洋调查无人艇、军用无人艇，并在伶仃洋深海兴建世界最大、国内首个无人船艇研发测试基地，培育无人船艇产业链，孵化全球海洋智能创新企业。

他的创新创业故事，是珠海全面配置人才资源、优化创新生态的缩影。

数据显示，2017年，珠海全社会研发经费支出占地区生产总值的2.5%，每万人口发明专利拥有量50件，居全省第二。

近期，珠海又推出人才新政"珠海英才计划""5年投67亿广纳英才""人才先落户后就业"，向全球创新精英抛"绣球"，为特区新一轮大发展注入智力支持。

书写新篇➔
港珠澳大桥打开三地合作新空间

如今，《粤港澳大湾区发展规划纲要》正式出台，港珠澳大桥顺利通车，珠港澳三地间的沟通交往愈发频密。此刻的珠海，历史性地站在了粤港澳大湾区的中心连接点，新的机遇扑面而来。

在珠海经济特区成立之初，许多海内外的投资家、实业家曾兴冲冲来到这里，一看珠海是个"无机场、无港口、无铁路"的"三无"城市，便转身离开。

创办特区后，机场、港口、铁路等基础设施，一连串决定珠海长远发展的"命运工程"与"奠基工程"相继建成。

因为珠海的交通无法直接对接香港，只能隔伶仃洋相望，因此错过了不少发展机遇。为什么不可以在伶仃洋上修座桥？1987年底，在实地考察了世界著名的跨海大桥后，珠海方面提出建设珠海与香港的海上通道的设想。这座桥正好跨过伶仃洋水道，所以叫伶仃洋大桥。

时移世易，当年的“伶仃洋大桥”的建设构想，如今已经升级为横贯于珠江东西两岸的港珠澳大桥。

2017年的最后一个夜晚，平静的伶仃洋海面上，港珠澳大桥犹如一条彩色的巨龙横卧其间。当晚，大桥55公里的主体工程宣告基本完工，正式具备通车条件。港珠澳大桥将珠海与香港、澳门历史性地连接在一起，通车之后，珠海至香港的车程将由3个多小时缩短至约30分钟。

“期盼很久了！”得知港珠澳大桥主体工程基本完工的消息，在珠海横琴创业的香港青年马颂新满脸兴奋，大桥将让珠江东西两岸联系更为便捷紧密，这意味着他公司的产品将迎来更大市场空间。

横琴也华丽转身为澳门资本投资和澳门青年内地创业的首选。首批入驻横琴创业的澳门青年周云贤告诉南方日报记者，他从美国留学归来，2015年被横琴创业谷的环境、扶持政策吸引。短短两年多时间，其团队由最初的10余人发展到100多人，平台年盈利超千万，促成海内外贸易额超过3亿元，成为珠澳电商领域的一匹“黑马”。

数据显示，截至2017年，横琴澳门青年创业谷已孵化项目231个，其中多个项目均是澳门创业团队；在横琴注册的澳资企业1118家，落地的澳门产业投资项目28个。

2018年5月17日，横琴新区对外发布《横琴新区举办创新创业大赛并给予优胜团队研发费无偿资助的暂行办法》，宣布自当年起每年举办一届面向全球的创新创业大赛，每届评选出1支特级优胜团队，并资助1亿元无偿研发费用。

新时代的横琴故事，是站在新起点上的珠海展现出的新风貌、新气象。

如今，珠海“二次创业”的号角已经吹响。在改革开放40周年新的历史起点上，珠海将高举改革开放旗帜，重铸特区精神，再燃改革激情，在广东奋力实现“四个走在全国前列”的新征程上勇当时代尖兵。

大桥经济区建设已拉开序幕。横琴将与保税区、洪湾片区等实施一体化发展，为香港现代服务业“西拓”提供广阔腹地，打开粤港澳三地合作的新空间。

打造“独角兽之都”的重要步伐已迈开。珠海计划重点建设全球前沿产业“独角兽”超级总部基地，推动“独角兽”企业的集群式发展。

“利好消息让人振奋，改革的鼓点激动人心！”珠海“创客”四维时代董事长崔岩说，“企业走出的每一步创新突破，都与珠海特区的基因不无关系，我们的选择没有错!”

从拱北口岸到港珠澳大桥，越来越多的特区新“拓荒牛”，正在书写新时代创新创业新篇章，为珠海特区“二次创业”注入强劲动能。

亲历者说

与珠海经济特区共同成长，珠海市博物馆保管部副主任讲述独家记忆

“南山速度”媲美“蛇口速度” “二次创业”续写特区精彩

“我父亲是珠海县最早的建设者，也是特区初期的建设者。从懂事起，我对家乡的巨变印象非常深刻。”文博工作者杨长征，现任珠海市博物馆保管部副主任，1953年珠海建县时，他的父亲从惠州奔赴珠海，从此便在这座“渔村”扎下根来。杨长征也因此，一出生就与这座日后发生巨变的特区，相伴而生。

“每次登上石景山顶，俯瞰特区山河巨变，40年的激情与岁月仿佛就在昨天。”2018年，珠海提出“重燃改革激情，推动‘二次创业’”，让这位“珠二代”心中有了更多的期待。

“当年全家一个月电费才6角钱”

“1953年，父亲记忆里的珠海，是一个小渔镇，吉大和拱北都还是农村模样。”杨长征说，当年父亲从惠阳县奔赴珠海，还是为了响应“去祖国最艰苦的地方创业”的号召。

到了1979年，珠海撤县改市，家住香洲为农街的他清楚地记得，“家里就几个电灯泡，全家一个月电费才6角钱。”

但一年之后，1980年，珠海吹响了兴办特区的号角，改变从此发生。

“那些年，拱北宾馆、步步高大酒店先后落成。”刚刚在珠海市博物馆参加工作的杨长征爱好爬山，时常登上石景山顶向下俯瞰——山下特区仿如一个巨大的工地，空中吊车不停作业，马达声日夜轰鸣，城市建设加速，一幢幢高楼平地

而起。

彼时，珠海的每个创新举动，每个项目建成，都吸引着外界的目光，香洲毛纺厂、石景山旅游中心、珠海宾馆等的建成，受到了全国的关注。

“1984年，小平同志题词‘珠海经济特区好’，当时在政府工作的父亲分外激动，常在家里给我们念《南方日报》，我印象最深的是‘南山速度’一词。”杨长征说。

“南山速度”指的是1984年小平同志第一次视察珠海后，特区上下燃起亢奋的建设激情——在珠海吉大，23万平方米的土地上，半年时间内就火速矗立起5座工厂、13栋标准工业厂房、25栋职工住宅楼等，建筑面积达17万平方米，被命名为“珠海南山工业区”。

这一“激情速度”，就是被当时的舆论称赞为足以媲美深圳“蛇口速度”的“南山速度”。

珠海空气可以“罐装出口”

全国的人才因此闻声而来。

“1985年至1986年感受特别明显，那两年新建的住宅小区特别多，住的大多是外地干部、建设者，算是首批特区‘人才公寓’！”杨长征说。

与此同时，人们生活也日益富裕起来。以杨长征为例，他的月薪提至163.5元，比一年前涨了两倍多。

他所在的珠海市博物馆是当时珠海第一家博物馆，面朝珠海当时最宽的道路——九洲大道。杨长征每天上下班必经此处：“那时九洲大道建成不久，有些路段达到双向八车道，是全国最宽敞的道路，珠海当时也没有几辆车，简直可以飞飞机！”

和杨长征一样，当时很多人对九洲大道的超前设计表示不解。不过，历史证明了当时建设者的胆识和魄力——这条贯通珠海东西城区的道路，目前仍是珠海最繁忙的主干道。

这样超前的规划思维与胆识，是特区敢为人先精神的另一种体现。而对生态文明的重视，则贯穿珠海发展的始终。“当时流行一句话，说珠海的空气是可以罐装出口的。”杨长征说。

如今，整洁的城市、干净的空气，也成为40年发展留给珠海最宝贵的财富之一。

与特区相伴而生，杨长征也从一个青涩少年成长为珠海文博专家，经他手编校的珠海文史类图书已有20余册。

在改革开放40年之际，这位仍坚守在岗位上的“珠二代”，期待着“二次创业”的珠海，续写更精彩的篇章。

大事记

1978年

珠海引进第一家“三来一补”工业企业、国内第一家补偿贸易企业——香洲毛纺厂。

1979年

珠海率先引进外资兴建涉外宾馆——石景山旅游中心，正式拉开中外合作经营的序幕。

1980年

中共中央、国务院批转《广东、福建两省会议纪要》，将特区的名称正式定为“经济特区”，并明确提出：“广东首先集中力量把深圳建设好，其次是珠海。”

1981年

珠海经济特区管理委员会成立，吴健民兼任主任。

1984年

邓小平同志首次视察珠海，并题词“珠海经济特区好”。

1985年

珠海经济特区工业发展总公司成立，即格力前身。

1992年

邓小平同志第二次视察珠海，并发表一系列重要讲话。

1995年

珠海机场建成通航，是当时中国最大的民用机场。

1996年

首届中国国际航空航天博览会在珠海盛大开幕。

1998年

珠海市首次获得联合国“国际改善居住环境最佳范例奖”奖杯。

2003年

珠澳跨境工业区获批成立，是全国第一个跨境工业区。

2009年

港珠澳大桥正式动工，全长55公里，建成后将成为世界最长跨海大桥。

时任中共中央政治局常委、国家副主席习近平在澳门代表中央提出开发横琴岛。

8月，国务院正式批准实施《横琴总体发展规划》，横琴新区跻身第三个国家级新区。

2015年

广东自由贸易试验区横琴片区正式揭牌。

潮涌汕头：从龙湖荒地到华侨试验区

文/姚瑶　黄学佳　沈丛升

1981年11月14日，时代大潮向汕头涌来。

这一天，毗邻港澳的深圳、珠海两个特区建设红红火火，汕头经济特区则正式在市郊龙湖1.6平方公里的荒地上诞生。

汕头特区放眼海外，因侨而设。侨居海外的潮汕同胞有千万之众，丰厚的“人缘”，促使汕头肩负吸引外资发展经济的历史使命。即便红头船帆影远矣，侨批字迹褪去，侨胞听到家乡盛情呼唤，仍忍不住望乡思归——

“华侨来了！”忽如一夜春风来，汕头特区建设如春潮迸发：侨资侨智纷纷涌入，通用厂房迅速拔起，外资企业接连落户，汕头港灯火通明吞吐繁忙；侨胞累计捐资助学2000多项，汕头大学建起来了，盖起的中小学也成了乡间村头最漂亮的建筑……

借助海外资源，鼓起“杀出血路”的冲劲，汕头特区在人多地少、远离经济发展核心区等不利条件下摸索探路。“看似寻常最奇崛，成如容易却艰辛。”1990年，时任全国政协副主席谷牧在汕头挥毫写下北宋改革家王安石的诗句，概括特区的创办过程。

历史不会重复，但会“押韵”。2014年，汕头经国务院批复成立华侨经济文化合作试验区，被赋予“进一步深化改革开放和建设21世纪海上丝绸之路重要门户”的重任。填海新造的试验区传承特区精神，以更开放的姿态拥抱世界。

中流击水，奋楫者进。改革开放40年，历经潮起与潮落，汕头经济特区改革再出发。

华侨来了➔
特区从1.6平方公里荒地上起步

如今，走在汕头市区、乡间的学校，随处可见以港澳和海外华侨的名字命名的楼房堂馆，镌刻着改革开放初期“华侨来了”的一段特别记忆。

汕头人常说，“海内一个潮汕，海外一个潮汕”。千万名潮汕籍侨胞遍布

A06-A07 时局

壮阔东方潮 奋进新时代——庆祝改革开放40年

潮涌汕头：从龙湖荒地到华侨试验区

解读广东改革密码

特区从1.6平方公里荒地上起步

一条路上冒出多家上市民营企业

填海新造特区中的试验区

创办特区的实践
最重要的是转变了思想观念

大事记

世界100多个国家和地区，他们的赤子心，是汕头特区建设温暖有力的支撑。

改革开放之初，就有不少海外华侨积极建言，家乡汕头可以借助对外贸易优势，吸引外资发展经济。

1979年7月15日，中共中央、国务院批准广东、福建两个省委的报告，决定在深圳、珠海、汕头、厦门试办“出口特区”，并指出“可先在深圳、珠海两市试办，待取得经验后，再考虑在汕头、厦门设置的问题”。

中央这一重大决策，让汕头人民和海外侨胞激动不已。当年底，时年68岁的著名爱国侨领庄世平就邀请多位东南亚华侨实业家参与汕头特区的踏勘选址，主动游说他们回乡考察投资。

泰国正大集团总裁、汕头籍华侨谢国民正是在庄世平的热情相邀下，在汕头特区还未正式成立时，就建立起第一家中外合资企业——汕头地毯厂，后来更是在汕头、深圳、珠海3个经济特区都拿下“001号”外商营业执照。

1980年8月26日，《广东省经济特区条例》由第五届全国人大常委会第十五次会议批准通过，批准汕头设立经济特区。

1981年11月14日，汕头经济特区管理委员会成立，汕头经济特区正式创办，区域面积1.6平方公里，一举将汕头推向中国改革开放的前沿，更多侨胞热情涌回家乡参与建设。

“兴学育才最有意义！”1981年8月国务院批准成立汕头大学，华人商界领袖李嘉诚首期投入3000万港元支持建设，汕头大学于1983年正式招生。

1986年，邓小平同志在北京接见李嘉诚时说：“要更开放一些，汕头大学一开始办就要办成高水平的学校。”从此，汕头大学承担起中国高等教育改革试验田的重任，书院制、学分制、CDIO工程教育、全球引才，结出累累硕果。而到目前，李嘉诚基金会对汕头大学的支持款已超过100亿港元。汕头市委原

■影集《鮀城旧影》中，当年正在建设的汕头大学（翻拍）（杨立轩/摄）

书记林兴胜激动地说，汕头大学的建立，圆了潮汕人建大学的百年梦，意义深远。

1984年，汕头特区还建立起全国唯一一个“特区顾问委员会”，由庄世平任主任，香港各界21名代表人物担任第一批顾问。此后，北京、澳门、加拿大、上海先后组建汕头特区顾问团（组），为汕头争取资金投入、优化投资环境、协助解决各类困难上发挥桥梁和纽带作用。

海内外丰厚的“人脉”来了，1.6平方公里的荒地如何承载？汕头特区建设伴随着前所未有的艰难与挑战，再一次激起汕头人“下南洋”生生不息的胆魄和勇气。

汕头经济特区管委会第一任主任刘峰回忆，特区故事是从用锄头、铲子掀起滚滚黄土开始的。

人多地小、交通基础差、资金欠缺、远离经济核心区……面对艰苦条件，汕头特区发挥改革开放开拓者精神，“开发一片、建设一片、投产一片、获益一片”，并从软件机制上破题，依靠内生动力探索独特的特区发展路子，在全国创造了多个“率先”。“24小时审批答复制度”的设立就是一例。

1987年4月，较早来汕头投资设厂的香港客商——锦龙织染制衣有限公司董事长陈锡谦投诉机关作风拖拉等问题。他说，改革开放不仅需要引进外资、技术和设备，同时要引进服务和效率，“24小时内就给出答复，能不能实现？”陈锡谦当面问刘峰。

刘峰回忆，当天管委会讨论立即决定展开“24小时答复制度”。此后制度不断细化，“到汕头特区办事方便，手续简单”“这里人情味最浓，服务周到”等口碑渐渐流传开来。1988年，来汕投资设厂的客商大幅增加，单这一年投资总量等于过去几年的总和，这一做法更开创了全国政府机关实行承诺制的先河。

干部改委任制为聘请制；首提集体经济、横向联合经济、个体和私营经

■现代感十足的汕头大学体育园（杨立轩／摄）

济一齐上；出台我国首部个人独资企业条例；解决城市居民住房问题，探索三三四、二二六补贴出售住宅；出台全国第一个保护华侨房地产权益的综合地方性法规……多项全国率先的改革举措为汕头特区发展辟开了道路。

刘峰感慨地说，办特区，财力和人才都极为重要，但最重要的是改变人们保守陈旧的思想。要保持不断创新、不断发展，就要找到那些旧观念及旧规章制度并加以破除，对症下药、除旧布新。

激活市场➔
一条路上冒出多家上市民营企业

东方锆业、群兴玩具……仅在汕头市澄海区的莱美路上，就先后冒出了多家上市民营企业。改革开放40年，汕头特区由外资搅活市场“一池春水”，更激发了本土民营企业旺盛的发展动力。不少的“故事”，是从家庭式作坊开始的。

1983年，家住汕头西陇村的黄伟鹏三兄弟合伙租了3亩地，成立西陇化工厂，他们隐约感到化学试剂未来有大市场，并把世界知名医药化工企业德国默克集团当作发展的目标。这个小工厂，成为后来化学试剂与生命科学领域上市公司西陇科学腾飞的起点。

“1986年，我17岁，用借来的800元钱，买了一台老式注塑机建起家庭作坊，开始制作塑料小喇叭。”奥飞娱乐董事长蔡东青曾在接受采访时回忆道。

像西陇化工厂、奥飞娱乐这样的家庭式作坊，在市场大潮中开始萌芽，为后来燃起汕头民营经济之火做足积淀。

“1993到1998年是汕头特区的‘黄金五年’。”中国经济研究院院长白津夫说，当时汕头发展速度快且工业占比超过80%，走在全国前列。

“总结起来就是‘市场’两个字。”广东省委党校教授、汕头人陈鸿宇表示，汕头依靠民营经济的内生动力，利用外资侨智发展起来，在粤东逐渐形成了以汕头经济特区为核心的城市群和产业集群，走出了一条不同于其他特区、具有汕头特色的发展道路。即使在新世纪初期汕头遭遇信用危机、经济下行之际，澄海、潮阳、潮南等区县仍稳步推进工业化进程，逐渐构筑起多点布局、错位发展、结构稳定的区域经济圈层。

西陇科学同汕头特区一同成长。通过引进海外专业人才、加大产学研合作，2002年便成为国内化工试剂行业第一，2011年6月在深交所挂牌，成为国内第一家上市的化工试剂企业，现在营销服务网络覆盖国内及亚太地区。用黄伟鹏的话说，创业之初源于“追星”，现在自己也一步一步成为行业内的“偶像”。

在“玩具之都”澄海做玩具生意，如何突出重围找准定位？1995年，蔡东青从法国方程式大赛汲取灵感，投入200多万元举办全国青少年四驱车大赛，吸引了60万人次参加，在国内掀起四驱车热潮。随后奥飞不断创新，与日本企业合作摸索“动漫+玩具”的商业模式，2009年奥飞动漫顶着“中国动漫第一股”的光环顺利上市，蔡东青感叹，这一刻“足足等了23年”。

凭借敏锐的市场触觉和坚忍不拔的生命力，民营经济成为多年支撑汕头发展的“根”。

截至2017年，汕头上市公司达32家，稳居全省前列。民营经济单位29.29万户，占全市经济单位的96.6%；完成民营经济增加值1685.64亿元，占全市地区生产总值的七成；民间投资1697.52亿元，超全部投资的八成。

扩大开放➔
填海新造特区中的试验区

“这里是华侨经济文化合作试验区，一个全新的汕头！”站在东海岸大道向西远眺，填海新造的土地上现代建筑林立，高科技和总部企业项目纷纷落户动工。

2014年，国务院批复同意汕头设立华侨经济文化合作试验区。40年前，特区在1.6平方公里的滩涂上开荒拓土。如今，汕头围海造地24平方公里，在华侨试验区正以更大的力度解放思想、深化改革、扩大开放。

“特区速度”在试验区重现——高标准规划建设汕头东海岸新城新津、新溪和塔岗围三大片区，完成围填海建设并实现互联贯通；东海岸大道通车，跻身广东沿海经济最美滨海公路的一段；明园、泰盛科创园已经落户并施工，粤东首个地下管廊也在此启动建设……

“华侨试验区还要进行经济和体制机制创新，探索侨务工作新模式。”华侨试验区党工委书记吴先宏说，华侨试验区推行的“一工作日审批制”，比当年特区“24小时答复制度”更进一步。明园汕头国际科创金融城项目从洽谈到落地用了不到4个月，华润集团注册股权投资基金仅用了3个小时就拿到了执照。

2015年9月，华侨试验区在多方支持下还创设全国首个以华侨为核心概念的区域股权交易板块“华侨板”。截至2018年1月，“华侨板”累计挂牌企业492家，其中8家成功转板到“新三板”、2家增资扩股4119万元，改制转板功能和融资通道功能日益显现。

栽好梧桐树，引来金凤凰。

拆违建、修道路，改善营商环境……近2年多来，汕头“创建文明城市、强化城市管理”取得实实在在效果，城市形象焕然一新。

阔别家乡多年的老华侨、泰国中华总商会主席陈振治谈到汕头的变化喉咙哽咽：“此次回乡，看到汕头的变化喜人。我愿意在家乡投资打造产业基地，并带自己孩子回乡创业，为汕头发展出一分微薄之力。”陈振治带来的“中泰（汕头）华侨中心”项目已与汕头市签约，即将落户华侨试验区。

“我还要增加在汕头的投资！”香港四洲集团主席戴德丰是改革开放后最早一批投资汕头的港商之一，目前他在汕头有4家食品工厂，还计划扩大生产规模。

香港潮属社团总会创会会长陈伟南说，他将一如既往关心、支持汕头发展，动员鼓励更多乡亲回乡投资兴业。

不仅如此，汕头还引来了比亚迪、中海信、上海风电等大型集团“抢滩”。

■影集《鮀城旧影》中1996年的迎宾路（翻拍）（杨立轩／摄）

“我们将坚决冲破不符合新时代要求的观念束缚，以思想大解放推动改革开放大突破，以改革的红利推动汕头经济特区大发展。”汕头市委书记方利旭表示，汕头将发扬特区精神，在实践中求真知，在探索中找规律，为新时代全面改革开放提供更多可复制可推广的鲜活经验。

发展是第一要务，人才是第一资源，创新是第一动力。汕头特区二次创业，带动区域经济高质量发展的目标愈发清晰。

2017年，由李嘉诚支持创建的广东以色列理工学院招收第一届学生，与汕头大学毗邻而居，正在为汕头和粤东发展注入更多活力。

“建设省实验室，机会难得！”身兼汕头大学和广东以色列理工学院两校副校长的林丹明说，当前，汕头正依托两所高校筹建广东省实验室，以先进化学制造为重点建设方向，将支撑粤东甚至广东“材料＋智能制造”产业发展。

2018年5月底，汕头出台“人才30条”，每年近2亿元的人才工作预算，逾

当年特区的起点迎宾路，如今已成为汕头最繁华的街区之一（杨立轩 / 摄）

百个政策点，覆盖了院士和外国专家等高端人才、优秀企业家和青年英才等优秀人才、能工巧匠和非遗传承人等技能人才、创新创业人才以及高校毕业生等人才群体，满满诚意地吸引“新闯将”。

…………

40年前，侨资侨智汇集，掀开了汕头跨越式发展的序幕。

40年后，高端装备制造、新一代信息技术、生物医药、节能环保、新材料……来自更多新兴行业的人才，正谱写新时代汕头经济特区的篇章。

亲历者说

原汕头特区管委会副秘书长谢继儒回忆特区初创：

创办特区的实践　最重要的是转变了思想观念

南方日报：**您曾参与汕头特区初创，有什么事情令您印象最深刻？**

谢继儒：我是1983年汕头实施地市合并时调到汕头经济特区的，直到1999年退休，担任过特区管委会办公室主任、副秘书长，龙湖区政协主席等职务，基本上经历了汕头特区初创的艰辛岁月。

汕头特区有两方面让我印象最为深刻：一是坚定改革开放的正确方向，解放思想、敢闯敢试、敢为人先的改革精神；二是坚持实事求是的优良作风，量力而行、艰苦朴素创办经济特区的创业精神。

“改革开放”在今天看来是一个常谈的话题，但在20世纪80年代初却一点不轻松。当时一方面迫切要求改善民生，发展经济，另一方面一时又难以接受国外、港澳地区的新事物，在这种情况下要引进外面的人来办特区，就不是一件容易的事情了。

现在回过头来看，汕头特区是在先天条件明显不成熟的情况下办起来的。汕头没有像深圳、珠海、厦门毗邻港澳台的区位优势，也偏离广东经济发展的核心区。此外，汕头特区是在汕头市里划出1.6平方公里的一小块地方来办的。在基础设施上，汕头在20世纪70年代后期的景况十分苍凉，被形容成楼房残破，街道污垢，竹棚乱搭，道路不平，电灯不明，电话不灵，民生艰难。就是在这样的条件下，汕头特区靠特区人奋力拼搏办起来了。

南方日报：**初创阶段“摸着石头过河”，汕头特区有哪些探索？**

谢继儒：尽管条件极差，汕头特区还是始终坚持改革开放的正确方向，针对一些不适应改革开放的问题着手探索，实事求是地启动了特区自身的制度建设。

比如在引进外资、发展非公有制经济方面，我们率先制定出台了《汕头经济特区个人独资企业条例》，成为全国首部独资企业法规。又如在改革住房制度方面，1984年第一期干部宿舍分配时就实行了个人缴纳30%的住房制度改革，启动了住房商品化的探索。

在改革用人制度上，1984年将干部原来执行的“无限期委任制”改为“任期制”，企业干部改为“聘任制”，明确干部的职责权限，率先实施了领导干部定期述职评议，企业干部则全部推行合同制。

在管委会办事作风上，率先推行了24小时审批答复制，要求24小时之内必须要给出答复，提高工作效率。

南方日报：**在经济发展方面呢？**

谢继儒：当时开发1.6平方公里的特区，起码需要2亿元的资金，但每年只有拨款640万元，于是汕头就“开发一片，建设一片，投资一片，获益一片”，后来这也成为汕头特区发展的经验做法。当时我们想，汕头人最擅长的就是创汇农业，于是拿出100万元在农业预留区珠池一带开发了1.4平方公里，放手养育虾，后来单是农产品出口，一年就进账几千万美元，为特区积累了“第一桶金”。

在初创的10年，汕头特区建成了6个工业区，4个综合配套小区和1个农业生产区，10年建成面积接近9平方公里。10年累计批准签约利用外资项目1315项，协议投资额8.2亿美元。

南方日报：**当时华侨为特区建设提供不少帮助，有什么印象深刻的事？**

谢继儒：汕头特区“因侨而设”，大批海外华侨为特区的发展付出了很多心血，尤其乐意为家乡兴学育才和发展医疗事业。

比较遗憾的是，当时不少潮汕籍的华人华侨带着回报桑梓的热情回来，可由于投资成本过高等客观因素，一些项目没有落成。例如有一位泰国实业家多次来汕头考察，但由于电力供应不足、交通条件较差等原因，这个高达8000万美元的浮法玻璃项目最终在深圳蛇口落户。又如汕头当时公路路面坑坑洼洼，在车上坐着，人感觉又慢又抖，侨商都戏称“骑着马去汕头”。

40年转瞬而逝，回望过去，如何解决华人华侨的爱乡热情与投资成本过高之间的矛盾？从当年的工作可以总结出一条经验：汕头要吸引投资，关键还是在于改善投资条件和营商环境。

我想，通过创办特区的实践，最重要的是转变了人们的思想观念。创办特区使我们增加了对外交往，开阔了视野，敢于学习借鉴，勇于探索冒险，在认识领域实现飞跃。

大事记

1980年

8月26日，第五届全国人大常委会第十五次会议批准《广东省经济特区条例》，确定在深圳、珠海、汕头三市划出一定的区域，设置经济特区。

1981年

11月14日，广东省汕头经济特区管理委员会成立，汕头经济特区正式创办。

1984年

11月，汕头经济特区的区域面积扩大为52.6平方公里，分龙湖和广澳两片区。

1991年

4月，汕头经济特区范围扩大到整个汕头市区，面积234平方公里，并确定于当年11月正式实施。

2003年

汕头行政区划作出重大调整，原市区5个区调整合并为3个区：澄海市撤市设区；潮阳市撤市分设潮阳、潮南两个区；南澳县建制和区划不变。调整后，汕头市区面积从原来的310平方公里扩大到1956平方公里，市区人口从原来的120万增加到487.5万。

2011年

5月1日，汕头经济特区范围扩大到全市，即汕头行政区划范围含龙湖区、金平区、濠江区、潮阳区、潮南区、澄海区、南澳县“六区一县”，汕头经济特区版图实现全市2064平方公里全覆盖。

2014年

9月，国务院正式批复同意在汕头经济特区设立华侨经济文化合作试验区。

12月，华侨试验区和海湾新区管理机构正式揭牌。

2015年

12月，广东以色列理工学院在汕头大学新体育馆举行筹设仪式。

2017年

2月，汕头高新区升级为国家高新区，定名为汕头高新技术产业开发区，实行现行国家高新区政策。

3月，国务院原则同意《汕头市城市总体规划（2002—2020年）（2017年修订）》。

激荡东莞：
从农业大县到“世界工厂”

文/吴少敏　郭文君　黄少宏　戴双城　龚名扬　何明强

盛夏时节，激情似火。

球星脚下滚动的足球，球迷热捧的智能手机以及无处不在的纪念品“大力神杯”、毛绒玩具、马克杯、钥匙扣和球衣……2018年的这个炎热夏季，俄罗斯世界杯与“东莞制造”一起火遍全球。

在改革开放40年的时间轴上，东莞注定成为城市发展的重要标本乃至一个时代的传奇：从中国第一家“三来一补”企业太平手袋厂蹒跚起步，利用外资“借船出海”，实现农村工业化，到“东莞塞车，全球缺货”的外贸奇迹，成为闻名全球的“世界工厂”，再到突围国际金融危机，自主创新“造船出海”，实现低端代工厂到创新要素汇聚的“东莞智造”的转型升级。

风雨兼程，砥砺奋进。

40年来，东莞乘着改革开放春风，逢山开路，遇水架桥，实现了从一个传统农业大县到一座“世界工厂”的发展奇迹。特别是党的十八大以来，东莞在外界的一片片质疑声中开启充满挑战的“二次创业”，打响由要素驱动向创新驱动转变的“突围战”，交出一份又一份靓丽“答卷”。

因改革开放而兴，因改革开放而强。站在历史新起点上，东莞将紧紧抓住粤港澳大湾区新机遇，实施创新驱动发展战略，抢占智能制造制高点，冲刺创新型一线城市的新目标、新梦想和新征程。

借船出海➔
创造“东莞塞车，全球缺货”发展奇迹

1988年，78岁的著名社会学家费孝通到东莞调查，惊喜地发现三年前在香港的突发奇想成了事实：如果自己有孙悟空本领，就把香港马蜂窝一样的小型工厂吹到内地去。

彼时，东莞的“三来一补”（来料加工、来料装配、来样加工、补偿贸易）小型企业遍地开花，与香港密切相连，构成了“店厂分离、前店在港、后厂在莞”新经济形式。费孝通把这种“前店后厂”新经济形式命名为“珠江模式”。

“三来一补”企业的星星之火，源于沧桑古老而又意义深远的东莞虎门。

1839年，民族英雄林则徐在虎门海滩当众销毁鸦片。而时隔139年后的改革开放前夜，虎门再次点燃一把火，打开了珠三角经济发展的突破口。

1978年7月6日，国务院针对广东、福建两省制定了《对外加工装配和中小企业补偿贸易办法试行条例》。广东决定在东莞、南海、顺德、番禺、中山5个县先行试点。

中国改革开放的头班车，与迫切需要转型升级的香港制造业相遇了。

在新一轮全球产业大转移中，香港持续上涨的土地、人力成本，把40岁出头的企业主张子弥在荃湾的两家工厂逼到了倒闭边缘。得知内地改革新政后，他像发现了“新大陆”。

1978年7月30日夜幕降临时，张子弥穿过一片片绿色田野，出现在虎门地界上。他看中临街的一家濒临倒闭的太平竹器厂，并与东莞二轻局签订了为期五年的合同，将原太平竹器厂改为太平手袋厂。

一个半月后，工商批文号“粤字001”、中国第一家“三来一补”企业太平手袋厂正式开业。太平手袋厂的创始人之一、第三任厂长唐志平回忆，太平手袋厂第一年就获得加工费100万元，为国家赚取外汇60多万港元。

星星之火，可以燎原。

尝到“甜头”的张子弥们蜂拥而至，东莞利用外资“借船出海”，推动农民洗脚上田、穿鞋进厂，奏响了农村工业化的激昂时代之歌。

据记载，改革开放前，东莞每年稳定向国家上交粮食4亿多公斤，排在全国县级前三位，是一个不折不扣的农业大县。但到1987年底，东莞村村点火、户户冒烟，已有“三来一补”企业2500多家，遍布全市80%的乡村，加工产品涵盖毛纺、服装、电子和玩具等15大类4000多个品种，创汇214亿美元，居全国县级单位之首。

不过，早期港商带来的“三来一补”小型企业，基本是数十万元的小资本

A06-A07 时局

壮阔东方潮 奋进新时代——庆祝改革开放40年

激荡东莞：从农业大县到“世界工厂”

解读广东改革密码

创造“东莞塞车全球缺货”发展奇迹

全国首创“一条龙”“一站式”政务模式

经济转型升级催生自主品牌

建设引领未来的“双创新核”

科技共山水一色 新城与产业齐飞

大事记

投资，制约产业层次、经济总量和综合实力的提升。

曾担任东莞县县长、东莞市市长的郑锦滔回忆，1984年一位国家领导到东莞考察，充分肯定了东莞改革开放取得的发展成就，接着，他又说了一句话：“东莞的企业犹如满天星斗，唯独缺乏一轮明月。”

这句话恰恰点中了东莞经济发展的“软肋”。在新一轮“借船出海”中，东莞大规模地利用外资，打造一轮轮产业“明月”。

1983年，当时全球最大的食品企业美国通用食品有限公司“破冰”进入东莞，与东莞粉厂合办省内第一家合资企业东美公司。很快，通用的老对手雀巢也投资15亿美元，建当时中国唯一生产雀巢咖啡的工厂。

1988年，47岁的台湾商人连阿荣以探亲为名，经香港第一次进入内地，选在东莞樟木头，投资创办美华针织礼品公司。像香港商人一样，同样面临世界产业转移困局的台湾商人，纷纷进入东莞投资设厂。如今，东莞已被众多台商视为“第二故乡”，东莞台协已有约3000名企业会员，是全国规模最大的台协。

1993年，东莞与港商投资20亿元，建设福地彩管公司，每年的利润达数亿元……

传统的农业大县，华丽实现工业化。

1987年，新华社记者王志纲和同事在珠三角跑了一圈，对顺德、南海、中山和东莞印象深刻，写出一篇文章《广东跃起四小虎》。当时，四小虎各具特色，东莞是“洋枪队”，顺德是“地方部队”，南海是“游击队”，中山是“国家队”。而在一个个大项目落地后，东莞经济总量一下子从四小虎之末跃

■东莞办起的全国首家“三来一补”企业太平手袋厂（孙俊杰／翻拍）

居首位。

到2007年，东莞生产总值达3151亿元，比1978年增长119.8倍，保持了年均18%的高速增长，创造了“东莞塞车，全球缺货”“全世界每10双鞋，就有1双来自东莞”“全球每5个人，就有1人在穿东莞制造的毛衣”的外贸奇迹。

此时的东莞，不仅是一个地名，更是闻名全球的“世界工厂”。

敢于改革➔
全国首创“一条龙”“一站式”政务模式

在工业化高歌猛进时，东莞的城市化也加速推进，使之与工业化相得益彰。

据曾在虎门公社任党委副书记兼农工商总经理的孙耀全回忆，当年就是想尽一切办法“拉人来”：“公社干部坐船到香港开座谈会消除港商顾虑。一旦约好了香港人过来考察，这边就跑去罗湖口岸接人，小轿车在那时还是奢侈品，于是大家出动货车，开着摩托，也有坐公共汽车把对方请来的。”

投资商蜂拥而至，东莞人开始思考，如何解放思想、争分夺秒、提高办事效率。

1978年底，东莞县成立对外来料加工装配业务领导小组，主管全县“三来一补”合资合作企业工作，从县里各部门抽了48名干部，组成了10个小组。1984年10月，“加工办”被正式定为常设的行政机构。

“我们在审批上简化手续，不搞‘公文旅行’。”曾任“加工办”主任的萧树棠此前表示，当时小企业从签约到投产仅需一周，干脆利落，大企业从签约到投产也只要半年左右。高效政务带来招商引资与经济腾飞的硕果，东莞首创的“一条龙”“一站式”政务模式，由此成为各地竞相借鉴的样板。

1988年8月14日，《人民日报》头版刊发中共中央办公厅调研室的调研报告《东莞十年——对我国沿海农村社会主义建设一个成功典型的考察》：来料加工装配办公室坚持一个窗口对外的原则，从洽谈、签约、工商登记、报关、办理进口许可证，到香港直通车手续，实行“一站式”的管理和服务。

办事效率一提高，一辆辆大货车、集装箱货柜车鱼贯而入，东莞基础设施不完善成为了经济飞速发展的“拦路虎”。直到1980年，东莞仅有一公里水泥路，晴天一路土，雨天烂泥塘。

东莞人又开始思考，如何创新地建设城市基础设施？

时任高埗公社党委办公室主任、建桥指挥部总指挥的苏国良说，1980年下半年，高埗公社党委决定成立建桥指挥部。建桥需要150万元，但当时公社一年可自由支配的钱才8000元，150万元就是个天文数字。

于是，有社员提议：可否集资建桥？

苏国良回忆，1981年初当地决定，凡是喝高埗水的，每一个人投资10元钱。高埗公社有1.8万多人，很快便筹得近20万元，另有上级政府支持50万元，向银行贷款60万元。

1984年1月27日，全国第一座农民集资、征收过桥费的地方公路桥梁——高埗大桥正式通车。随后石龙南桥、万江大桥用同样的集资方式相继建成。

“贷款修路，收费还贷”的模式极大地推动了全省乃至全国公路建设的发展。时任交通部副部长的潘奇到东莞调研，东莞人在汇报时提出了“想致富、先修路”的口号，随后被潘奇带回北京，这个经典口号就这样响彻全国。

经济社会快速发展，东莞“城市梦”逐渐照进现实。

1987年12月4日，东莞撰写了一份6页纸的请示报告，递交给惠阳地区和广东省政府，请示从县级市升格为地级市。次年1月，东莞升格为地级市，成为全国少有的“直筒子市”（对未设市辖区的地级市的俗称），开创了市管镇体制的先河。

“在完成城市化发展的原始积累后，现在我们有能力拿出很多钱投入硬件建设，不断提高行政服务水平。”升格地级市“操刀人”、东莞市委原书记李近维此前接受南方日报专访时表示，一个好的投资环境，不仅仅在于交通、通信、电力等基础设施硬件，更在于行政服务等软件。

确实，在被国家赋予更大的行政权后，东莞延续敢于改革、敢为人先的城市精神火种，统一开发建设，集中资源使用，继续加快城市化进程。

进入新世纪，东莞提出“一年一大步，五年见新城”的口号，“一网（高标准基础设施网）两区（城市新区和松山湖科技产业园区）三张牌（城市牌、外资牌、民营牌）”的发展思路，投入600亿元，开始了颇为壮观的“造城”运动。

早在2001年7月，在距离太平手袋厂仅30公里远的地方，东莞播下了一颗创新种子：松山湖科技产业园。“东莞自20世纪90年代中期起，开始从‘满山放羊’转向‘设园引资’，成效显著。但囿于各种原因，以往的园区规模一般都不大，档次也不高，不足以支撑东莞新一轮发展的重托。”时任东莞市委书记佟星说，松山湖承担了推动经济模式转变、缔造新的增长引擎、再造一个新东莞的重任。

与此同时，东莞致力于投资软环境建设的脚步并未停歇，一个小时内办好营业执照，这曾是广受赞扬的“香港速度”，在东莞也可享受到：

2012年，在全国率先试点商改，彻底打开市场之门，实现“零首付”开公司，至今共取消行政审批事项300多项；

2013年底，作为全国唯一地级市代表参与了全国改革制度设计的研讨工作，国家的改革方案，充分借鉴了东莞商改的实践成果；

2014年开始，率先推行“互联网审批中心”工商登记新模式，在全国设立首个现代化网上审批中心，实现工商登记一站式审批、24小时全天候服务……

“东莞不是特区，却在商改的路上率先迈出步伐，能为国内其他地级市创造更多经验，具有更实际的指导意义。”原国家工商总局、现国家市场监督管理总局局长张茅评价，东莞创造了商改的“非特区模式”。

东莞城市化与工业化发展，成为中国改革开放精彩而生动的缩影。

造船出海➔
经济转型升级催生自主品牌

2008年1月，一场历史罕见的特大冰雪灾害袭击了中国南部。

同年10月，“世界工厂”东莞也遭受了一场“冰雪灾害”——国际金融危机，拥有6000多名工人的港资企业东莞合俊玩具厂应声而倒。

合俊就像倒下的第一块多米诺骨牌，万士达、联胜、诺基亚等一批知名企业相继关停搬迁转移，引发了外界对东莞出现企业“倒闭潮”的猜测。

一时间，资源吃紧、人民币升值、海外市场萎缩、贸易保护主义抬头等压力集中爆发，东莞处于“风暴眼”中，很多外向型企业被推向了生死边缘。

这成为东莞改革开放的一道分水岭。

“今天不调整产业结构，明天就要被产业结构所调整。”有识之士警示了东莞外向型经济的深层次矛盾。此后，东莞开始经济社会双转型，逐渐从利用外资“借船出海”转型为自主创新“造船出海”。

2008年8月，东莞被确定为全省加工贸易转型升级试点城市，在全国首创了来料加工企业不停产转法人企业的崭新模式。

通过主动协调海关、税务、商检、消防等部门做好转型业务流程对接，东莞成功解决了企业转型中所提出的土地使用权、房产权转移和进口设备解除监管等100多个实际问题，率先在全国探索建立了来料加工企业不停产转法人企业的“无障碍通道”。

与此同时，东莞实施创新驱动发展战略，将“科技东莞”工程资金提高到每年20亿元等系列政策陆续出台，越来越多的东莞企业通过加大科技创新，树立品牌，实现了从过去的OEM（贴牌生产）到ODM（原始设计制造）再到OBM（自有品牌生产）的转型。

抓住来料加工企业就地不停产转“三资”企业政策，东莞美驰图实业有限公司由东莞凤岗竹尾田玩具厂转型而来。自创品牌“Maisto”之后，2007年美驰图耗资4.5亿元成功收购了他们曾经的主要竞争对手——历史超过50年的意大利著名玩具品牌“Bburago”，成为全球玩具业的巨头。

以OPPO、VIVO为代表的东莞智能手机，出货量从2013年的2亿台攀升至2017年的3.56亿台，全球每5台智能手机中就有一台是“东莞制造”。

腾笼换鸟，凤凰涅槃。一批东莞企业从价值链的低端逐步游向高端，“世界工厂”催生一批自主品牌。

2017年，东莞实现地区生产总值7582.12亿元，比国际金融危机前翻了一番。在东莞曾开展过加工贸易的10572家外资企业中，5912家已从加工贸易转化为一般贸易。

同时，东莞4660家加工贸易企业中，43%的企业拥有自主品牌，36%的企业设立了研发机构。全市1678家加工贸易企业设立了研发中心或内设研发机构，464家申请成为高新技术企业。

无疑，在国际金融危机“突围战”中，东莞推动制造业的跃升，也是一座城市艰辛的“二次创业”。

再出新招➔
建设引领未来的“双创新核”

东莞如何成功“二次创业”？答案已然揭晓：抓住粤港澳大湾区新机遇，建设创新型一线城市。

2017年底，省委、省政府印发《广深科技创新走廊规划》，对标国际打造“中国硅谷”。查看规划图，广深科技创新走廊的一侧从广州科学城出发，途经松山湖，来到深圳湾创新总部基地。而另一侧则由广州大学城到达深圳高新区，途经毗邻的空港新城与东莞滨海湾新区。

滨海湾新区是广深科技创新走廊的核心平台之一。

2017年10月，滨海湾新区挂牌成立。由原长安新区重新定名、扩容、理顺机制后，滨海湾新区的面积由20平方公里扩大到包括海域面积在内的80多平方公里，极大地破解了东莞土地资源紧缺、发展空间不足的问题。

紫光芯云产业城项目、平安威远岛智慧新城、华润沙角半岛开发项目等一批批优质项目纷纷落子滨海湾新区，招商引资总金额达2770亿元。其中，紫光集团芯云产业城项目计划投资1000亿元，成为东莞历年来引进的投资规模最大、科技含量最高的项目。

“结合国家粤港澳大湾区的战略，紫光集团要完成一次奔向大海的跳跃，所以我们来到了滨海湾新区。”紫光集团有限公司董事长兼首席执行官赵伟国说。

广深科技创新走廊的另一个核心平台松山湖，正在谋划新一轮大发展。

在省人大代表、东莞材料基因高等理工研究院院长张书彦的办公室里，她翻开2018年的省政府工作报告，激动地用笔标出了“中国（东莞）散裂中子源等大科学装置建设取得重大进展”的描述。“有人问我为什么落户东莞，这份报告里就有答案。”

时间回溯到2006年，时任中科院高能所所长的陈和生院士来到广东考察，希望在珠三角为中国散裂中子源找到合适的建设地点。

在地图上，陈和生看中了东莞大朗镇水平村的一块地：背后靠山，前面是虎门到惠州的高速公路，交通方便，四周有发展空间。陈和生便前往东莞实地确认，很快就定下了这个选址。

2018年3月，中国散裂中子源按期、高质量完成了全部工程建设任务，并通过了工艺鉴定和验收。这一大科学装置填补了国内脉冲中子应用领域的空白，对满足国家重大战略需求、解决前沿科学问题具有重要意义。

“10多年前，我来到松山湖时，这里大部分地方都是工地。”陈和生笑着说，现在完全不可同日而语。

依托国家散裂中子源，东莞将高标准规划建设45.7平方公里中子科学城，构建国家大科学装置、国家重要实验室、世界科学家和世界前沿产业四大集群，希望打造国内领先、世界闻名的国家综合性科技创新中心。

2018年4月，松山湖材料实验室、中国科学院物理研究所珠三角分部揭牌，这也是广东建设的首批4家省实验室之一。

“这是东莞站在国家科技创新总体布局的高度，面向全球科技创新发展态势，做出的一项重大部署。”中科院院士、松山湖材料实验室理事长王恩哥这样评价。

新起点，新征程。昔日的“世界工厂”东莞，正在加快建设创新型一线城市，创造改革开放的新传奇。

亲历者说

松山湖国际机器人研究院高级顾问邓国军见证松山湖崛起：

科技共山水一色　新城与产业齐飞

今天的松山湖，大树郁郁葱葱。

每每想起松山湖从无到有、从弱到强的过程，松山湖国际机器人研究院高级顾问邓国军便心潮澎湃。

15年来，从松山湖在全国公选的年轻干部，到担任科技教育局局长，再到“下海”参与松山湖国际机器人团队创新创业，邓国军几乎全程见证了松山湖的崛起。

“松山湖‘科技共山水一色，新城与产业齐飞’，突破了东莞‘三来一补’的传统发展模式，走出了一条生态文明与科技创新深度融合的发展之路。”邓国军深有感慨地说。

被《南方日报》一则公告改变命运

“这一干部公选岗位，简直就是为你量身定做的。”邓国军清晰地记得，2003年3月担任佛山西樵山旅游公司副总经理时，他接到同事递来的一份刊登有干部公选公告的《南方日报》。

邓国军打开报纸一看，成立不到两年的东莞松山湖科技产业园正在公选骨干干部。他的条件完全符合科技教育局副局长岗位要求：35岁以下、研究生学历的大型国企中层干部。

彼时，邓国军是东莞的“常客”。

作为旅游公司副总经理，他经常开着旅游大篷车，到东莞各个镇街做推广，吸引市民到西樵山游玩。有次偶然驾车路过石大路和兴园路的交界处时，他看到一块一米多高的木牌上，用毛笔字写着“松山湖科技产业园”。

匆匆一瞥，他没想到自己有一天会成为松山湖的“拓荒牛”。

2001年7月，在距离太平手袋厂仅30公里远的地方，东莞播下了一颗创新种子——松山湖科技产业园。11月9日，松山湖科技产业园经省政府批准成为省级高新区，并更名为东莞松山湖科技产业园区。

当年，33岁的邓国军以笔试第一名、面试第二名的好成绩公选上岗，2003年12月18日正式出任科技教育局副局长。

“来了之后，才知道科技产业园区的重大意义。松山湖承担了推动经济模式转变、缔造新的增长引擎、再造一个新东莞的重任。”邓国军说。

进入新世纪，“三来一补”的东莞经济社会发展迅猛，但也存在招商引资的非规模化、科技创新能力不足的隐忧。当时东莞决策者决定，东莞要实现新一轮发展，一定要给科技发展留下一片净土，必须走大园区、大创新之路，再也不能走过去的老路。

科技创新与生态建设完美结合

不久前，“华为2700人搬迁到松山湖”的消息引起广泛关注。事实上，早期的松山湖完全是一个让人陌生的名字。

邓国军回忆，松山湖开发建设初期，也是招商引资最艰苦的日子，当时靠的只有几本画册、一个沙盘还有一张嘴，来推介当时还是一片荒芜的松山湖。

正是他们这一批“拓荒牛”的执着和付出，才让更多企业知道了松山湖。

2005年世界500强企业华为公司高层的实地到访，成为松山湖招商引资工作的一大转折点。“华为高层实地考察了松山湖的生态环境和投资环境后表示，相比有的开发区零地价邀请华为落户，即便进松山湖要钱，也愿意来。”邓国军说。

这也为松山湖招商引资定了一个基调：始终坚持生态优先，坚持高门槛选商选资不动摇。

早在2005年3月23日，东莞市十三届人大二次会议审议通过了《东莞松山湖科技产业园区开发建设规定》，明晰了松山湖应走新型工业化之路的发展方向。

如今，园区已累计引进4000多个优质项目，超过29家新型研发机构，其中华为、易事特、生益科技、新能源科技、东阳光药业等一批批优秀企业也陆续扎根松山湖，并逐渐成长为各自领域的龙头企业，参与全球创新竞争。

“科技共山水一色，新城与产业齐飞。”邓国军在2015年“下海”，加盟由香港科技大学教授、世界著名的机器人领域权威李泽湘创办的松山湖国际机器人研究院，实践一条独特的机器人“学院派”创业孵化和产业培育道路。

他深有感慨地说，松山湖有力地证明了生态文明建设和创新驱动发展之间的逻辑，良好生态环境可以聚集高新科技产业、高端科技人才，形成浓厚创新氛围，推动创新型知识型经济的发展。

大事记

1978年

全国第一家对外来料加工厂——东莞太平手袋厂开工；全国第一个加工贸易装配办公室成立。

1981年

东莞高埗兴建高埗大桥，成为全国第一座“集资建桥，过桥收费”的地方公路桥梁。

1985年

国务院向广东省人民政府发函，同意撤销东莞县，设立东莞市（县级）。

1987年

率先建成全国第一个城乡一体化的数字程控电话交换网。

1988年

国务院批复广东省人民政府，同意将东莞市由县级市升格为地级市。

1992年

东莞在全国率先实施职工社会医疗保险办法，由企业统包转变为国家、企业、个人三方共同承担，这是医疗保险制度改革的重大突破。

1994年

东莞宏远工业区股份有限公司在深圳证券交易所上市交易。这是东莞第一家上市公司，也是全国第一批上市的乡镇企业之一。

2000年

东莞市自行投资、建设的第一条高速公路——（东）莞深（圳）高速公路竣工通车。这是全国首条由地级市自筹资金、自行规划、自行建设的高速公路。

2001年

经广东省人民政府批准，东莞松山湖科技产业园被确定为省级高新技术产业开发区。

2007年

东莞提出“推进经济社会双转型”发展战略，成为东莞发展史上一个新的里程碑。

2011年

中国迄今最大的国家重大科技基础设施——中国散裂中子源（CSNS），在东莞大朗镇奠基建设。

2017年

东莞市滨海湾新区正式揭牌。

先行中山：从永宁村到翠亨新区

文/辛均庆　罗丽娟

经过40年，迎来又一个东风送暖的“春天”。

走进中山罗三妹山主题公园，赫然可见一块巨石上镌刻着“不走回头路”5个大字。这遒劲有力的字符，成为中国坚定改革开放的最强音，给改革开放初期摸索前行的人们吃下“定心丸”。

1984年1月，邓小平同志南下视察，登上中山罗三妹山。下山之际，工作人员考虑到西南坡比较陡峭，建议原路返回，邓小平回了句“不走回头路”，留下了意味深长的世纪强音。

1978年，中山永宁村人乘势而上，冲破“不敢富”的思想禁锢，先行一步、敢闯敢试，走上了“富起来”的道路。“千万富翁乡”“亿元村”见证了一个国家、一个时代的发展与变迁，让广东改革开放的生动实践永载史册。

在“不走回头路”精神指引下，改革开放之初的中山开创了多个全国第一：第一个农村“万元户”黄新文、第一家中外合作宾馆中山温泉宾馆、第一家中外合资大型游乐园长江乐园、第一家高尔夫球场中山温泉高尔夫球场……

在被春风吹绿的岐江河两岸，革命先行者孙中山先生故乡的人们，用点滴探索汇聚成推进改革开放的浩荡洪流。“小霸王”“乐百氏”“威力”“灭害灵”……一个个闪亮的商标，凝结的是中山人“敢为天下先”的气魄与奋斗。

进入新时代，以习近平同志为核心的党中央在新形势下作出推进粤港澳大湾区建设的重大战略决策。地处粤港澳大湾区几何中心的中山，正奋力抓住重大历史机遇，做好“东承”文章，强化“西接”功能，努力把翠亨新区建成粤港澳大湾区一流的国际化、现代化滨海新城。

从永宁村到翠亨新区，从“先富起来”到“高质量发展”，将勾画出中山勇立潮头的时代新篇章。

从“不走回头路”到“改革不停顿，开放不止步”，殷殷嘱托成为推进中山深化改革扩大开放的强大引擎。

改革潮涌，奋楫者先。得风气之先的中山，将重整行装再出发，以改革开放40周年为新起点，焕发当年“杀出一条血路”的改革精气神，演绎新的改革开放故事。

A06-A07 时局

壮阔东方潮 奋进新时代——庆祝改革开放40年

解读广东改革密码

先行中山：从永宁村到翠亨新区

“亿元村”“万元户”缔造改革传奇

“中山制造”点燃产业激情与梦想

“做大蛋糕”与“分好蛋糕”并驾齐驱

全面融入粤港澳大湾区建设

合作方式无先例可循 靠“摸着石头过河”

大事记

改革先声➔

“亿元村” “万元户”缔造改革传奇

“15个生产队早造粮食大丰收，那叫一个欢欣鼓舞啊！”原中山县板芙公社里溪大队党支部书记林德成忆起推行家庭联产承包责任制的场景，情绪激动不已。

1978年，安徽省凤阳县小岗村在全国率先实行“大包干”，开启了农村改革的先河。闻春雷而动的中山，改革活力被顷刻激发。

而在此前的两年间，林德成“几乎夜夜睡不好”。1976年，面对人均1亩8分田却连年完不成国家粮食生产任务的窘境，里溪村支委决定推行“联产到劳”，将“五边地”分配给农户耕作。

林德成回忆说，“联产到劳”实行后，每天一大早生产队长还没打钟催工，村民就起床下田。到了收成季节，这些“十年九失收”的“五边地”一亩能收700斤，基本解决了村民口粮问题。

1979年8月下旬，广东省第一次关于真理标准讨论现场会在中山召开，号召全省推广学习里溪村的改革经验，里溪村“广东小岗村”的美誉不胫而走。

距离里溪村50多公里的小榄镇永宁村，则以另一种突围方式书写了中国乡村经济的改革传奇。

迎着改革开放的春风，永宁村人率先兴办村集体企业。机制砖厂、锁厂、机电厂、建筑队、农机服务站、花果繁殖场、金鱼场等企业在永宁村如雨后春笋般成长起来。

1978年至1992年间，永宁的工业总产值以每年递增数千万元的量级发展。1980年，永宁的工业总产值达到1047万元，成为全国第一个“千万富翁乡”；1986年突破1亿元，成为远近闻名的“亿元村”；1993年突破10亿元大关，跨入全国十大首富村的行列。

是什么样的改革路子，让一个小村庄迸发出如此大的发展动力?

改革开放前，永宁人多地少，以经营水稻、甘蔗、蚕桑和养鱼等单一产业为主，束缚了生产力的发展。为摆脱现状，在原大队支书李汉章等党员干部的带领下，永宁确立了发展集体企业的思路。十一届三中全会后，永宁村充分发挥群众力量，坚定不移走贸工农综合发展之路，改革迈出了关键一步。

永宁大队原党总支部副书记梁卓勋说，早在农业合作化期间，李汉章和党支部的支委就意识到单搞农业不行，一定要想办法找个出路。当时的永宁大队从实际出发，一手抓粮、藤、桑、鱼的发展，一手抓工副业，为改革开放后的发展打下基础。到1979年，永宁大队总产值达720多万元，比1976年翻了一番，粮食亩产达1123斤，“最差的甘蔗也上升到亩产5吨”。

改革“星星之火”，改变了永宁人的命运。

1983年，永宁1.2万农业人口中，已有六成劳动力转向务工、经商、建筑、运输和饮食服务业，15家村企业总收入1712万元。1984年，永宁根据市场需要，先后办起以生产西装为主的第二服装厂和以加工童服为主的童服厂，还与外商联合办起永宁电脑件厂和免水封口胶纸厂。至20世纪90年代鼎盛时期，永宁有384家规模较大企业，造就了一大批本土优秀企业家。这片仅有10平方公里的改革热土，成为日后产业“中山军团”的雏形。

改革开放之初，中山同样盛产“万元户”。1979年2月19日，《人民日报》刊登《依靠辛勤劳动过上富裕生活》，报道了全国首个农村万元户黄新文的致富经验，引起了很大轰动。

■改革开放早期，借助国际产业转移之势，中山生产的电风扇畅销海外（图片出自1988年中山市工农业产品展览特刊）

树起一个万元户，带动千万家。仅黄新文所在的大队，1979年全家收入达到1万元左右的就有30户，全公社多达100多户，公社送出20多只大烧猪以表祝贺。

正是“亿元村”“万元户”的零星探索，打破思想禁锢，解放和发展生产力，调整了生产关系，开启了崭新的改革征程。

迸发动力➔ “中山制造”点燃产业激情与梦想

坐落于罗三妹山南麓的中山温泉宾馆，是改革开放后第一家中外合作宾馆，承载着中山人对于改革开放的众多记忆。

改革开放之初，外商投资的先例为零。香港著名实业家霍英东成为第一个投资内地的港澳商人，他投资的第一个项目，就是中山温泉宾馆。

“1978年12月19日，十一届三中全会开幕后的第二天，《澳门日报》报道中山县开辟旅游区的消息。看到这个消息后，立即作出一个大胆的选择，率先响应投资中山温泉宾馆。”霍英东生前回忆。

1980年12月28日，中山温泉宾馆隆重开业，霍英东当场对海内外客商说：“你们不信祖国的改革开放会成功，我信。谁担心，就请你们来看，请你们来中山投资。”

嗅到“春天气息”的，不仅霍英东一人。1979年后，外商纷纷在中山各乡镇办起了胶花、毛织、服装等“三来一补”企业。一时间，以家庭为单位，以家族为基础的中小企业竞相涌现。

思想大解放，为中山经济增长提供“加速度”。在“三来一补”基础上，中山大搞外引内联，“三资”企业和内联企业逐年增加，外来资金、技术、设备加速了乡镇企业发展，各镇区逐步形成有重点的连片性加工出口区。

1983年底，中山洗衣机厂与中山市经济发展总公司联合以借贷方式筹资1900万元进行第一期建厂、设备引进和技术改造。“三头并进，无一延期。”中山市委党史研究室主任黄春华说、仅用了360个日夜，在1984年底，中山洗衣机厂就在当时市区北郊荒凉的柏山建起了一座占地7.4万平方米、建筑面积2.4万平方米的新厂房，设备安装和工人培训也同时完成。

1985年，设计能力为年产10万台的国产洗衣机生产线，在中山创出了年产19万台的奇迹，次年纪录被刷新为40万台。准确的市场定位与生产能力的有力支撑，使“威力”牌洗衣机迅速崛起，销量马上跃居全国首位。

黄春华说，不仅引进，还要改进。洗衣机厂的负责人还决定大胆对洋设备“开刀”动手术，到1990年，威力洗衣机的年生产能力已达到了100万台，但依然供不应求，出现客商坐在厂里催货出厂的火爆场面。

“中山制造”成为响亮的招牌。一时间，“威力”洗衣机、“小霸王”学习机、“乐百氏”奶、“美怡乐”雪糕、“菊花牌”玻璃马赛克、“千叶”风扇等中山货享誉大江南北。

与此同时，来自基层的市场意识，也在慢慢觉醒。

20世纪80年代初，古镇家用电器厂供销员在推销电热杯产品过程中，发现市场对台灯有需求。他们用一根电线、一条弯管、一个灯泡加灯座生产出最简易的台灯，投放市场后，一炮打响。随后，古镇机砖四厂转产为“古镇异型灯具厂”，开始小批量生产环形光管、台灯、应急灯等产品。

这两家镇办企业一前一后打开了古镇灯饰生产的序幕。也是在那段时间，中山古镇海州村人袁达光等到香港探亲，被香港的灯饰所吸引，买回壁灯，通过模仿，于1982年做成了第一盏真正意义上的商品壁灯。

夫妻店、兄弟厂、前店后厂等形式的灯饰厂，开始出现在海州、曹步等几个自然村。从1983年开始，个体户和私营厂企作为古镇灯饰产业的主角开始登台，慢慢发展成为大中型民营企业集群，产业链纵横延伸到产品工艺、销售平台、配套服务及文化产业等领域。不到40年时间，古镇已从鱼桑之村蝶变为中国灯饰之都，古镇灯饰占全国灯饰照明行业份额超过七成。

冉冉升起的“灯火”，点燃了中山人对产业的激情与梦想。古镇灯饰、小榄五金、大涌红木、沙溪服饰……“一镇一品”成为中山镇区经济发展特色，也进一步推动更多专业镇产业集群的形成。

然而，自2008年国际金融危机起，中山的产业深刻感受到转型升级的迫切性，开始聚焦质量、品牌和科技创新，谋求从低端向高端的二次腾飞。

中山与科技创新的不期而遇，可以追溯到1992年。作为首批国家级高新区之一，中山火炬高技术产业开发区从一片滩涂和荒地上发展起来，以高科技为龙头，逐步建成火炬高新技术产业园、电子信息科技园、健康科技产业园等。

中山市委党史研究室副主任谢长贵指出，开发区坚持市场导向和产业结构调整相结合，成为传统工业的“辐射源”，通过科技辐射，实现了科技兴市，为中山日后的产业发展注入强大活力和创造力。

治理新局➔
“做大蛋糕”与“分好蛋糕”并驾齐驱

“你的经历就像你的名字，‘梅花香自苦寒来’。”2018年3月7日，习近平总书记参加十三届全国人大一次会议广东代表团审议，倾听米雪梅代表在中山务工21年的经历后说。

米雪梅告诉总书记，她觉得自己遇上了好时代，如今已全面融入中山，不仅在中山买了房，而且因为中山率先实施积分制，她的孩子可以通过积分入读当地公办学校。

固堤坝而安黎民。中山的改革精神，不仅仅体现在如何“做大蛋糕”上，还体现在如何“分好蛋糕”。

2010年，中山开全国先河，实行流动人口积分制，让许多外来务工人员像米雪梅一样，收获了幸福感和归属感。截至2018年上半年，有2.8万异地务工人员积分入户中山，11.3万异地务工人员子女获得积分入学，839人获得入住公租房资格。

改革的步伐不止于此。中山一直把营造共建共治共享社会治理格局，作为创新社会治理模式的主攻方向。

在20世纪80年代后期，中山便注重对城市环境的保护，当时就拒绝了一个超1000亿元却带有潜在污染的投资项目。中山邀请中国规划设计院专家对城市承载力进行研究规划，把中山总人口规模控制在350万以内，在获得全国环保模范城市、设立占全市土地1/9的五桂山生态保护区等基础上，投入20多亿元建设污水处理厂，创建为广东省第一个全国生态市。

从1988年起，中山每年举办慈善万人行活动，筹集善款为困难群体提供了及时有效的综合援助。市民在参与慈善万人行的组织、筹备、捐款、募捐、巡游等过程中，将博爱慈善精神潜移默化地领会并融入行动，从而自觉地共同构建起和谐互助、关怀互爱的社会风尚。截至2018年，慈善万人行举办31届，超2000万人次参与，筹集善款14亿元。

2005年，中山被评为首批“全国文明城市”，获得最具含金量的城市名片。中山为创建首批“全国文明城市”经历了10年探索、8年巩固提高的不懈努力。早在1995年就提出创建文明城市，全面提高中山人自身素质，增强城市综合竞争力。至今，中山已五获“全国文明城市”殊荣。

率先富起来的中山人，更注重“富脑袋”。从2011年起，中山创新开展全民修身行动，立足市民自我教育、自我提升，坚持以“全民”为主体、以“修身”为根氐、以“行动”为支点，采取群众易于认知接受的方式和理念，促进

“以德立市、以文强市、依法治市”。

针对基层治理面临的难题，中山市自2008年起启动农村社会建设工作，成为我省第一个农村社区建设试点地级市。在这一模式中，中山在村一级统一建设社区服务中心，打破村委会只管村民的局限，将服务范围扩展到实有人口。

其中，聘请异地务工人员任村居特别委员制度成为一大亮点。2013年6月，中山率先探索村（居）委员会特别委员制度，并逐步探索出“驻、访、议、督”四位一体的工作模式。

南头镇广东宏基管桩有限公司生产部的管理人员付柱就是其中一员。2012年7月，到中山工作20多年的他被推举为居委会“特别委员”，上任不久他就在社区会议上提出并推动引入民办华晖学校，为社区500多名异地务工人员子女解决了入学难题。

围绕调动基层活力、激发多元善治维度的社会管理创新，中山市在破解城乡二元、城市二元壁垒的领域中，在探索从物质共建到精神共享的公共服务层面上，走出了自己的模式，为全省乃至全国的社会善治提供了创造性和示范性的样本。

蓄势待发➔
全面融入粤港澳大湾区建设

伶仃洋畔，风光无限。

在中山客运港码头东移项目施工现场，巨型起重机正在繁忙作业。1984年5月，经国务院同意，中山港开辟至香港国轮客运航线，成为国内最早辟为对外开放国家一类口岸之一。2019年底，这里将建成中山新的客运码头，届时深中水上巴士的航程将从现在的21海里缩短至13海里，航行时间将缩短到28分钟。

对岸，距离深圳机场福永货运码头7公里的水域上，深中通道项目西人工岛进入陆域形成阶段。与此同时，深中通道伶仃洋大桥东索塔第一根钢护筒于2018年6月3日顺利施沉到位，为东索塔下部结构施工奠定了坚实基础。深中通道通车以后，从深圳至中山原本2小时的车程，将缩短为20分钟。

一桥飞架珠江东西两岸，深中通道极大地凸显了中山的区位优势。而位于中山东部临海区域，地处珠江口湾区地理中心，总规划面积约230平方公里的翠亨新区，作为深中通道在中山的登陆点，也迎来了前所未有的发展机遇。

作为中山腾飞的新翼，翠亨新区通过对标国际一流资源，将打造为产业高地、总部高地、发展动力高地，建设国际化的创新滨海新城。当前，翠亨新区已有近20个省、市重点产业项目扎根落户，哈工大机器人集团华南总部、中科院荧光检测技术等重大项目签约落户。

“我们将以哈工大机器人集团华南总部为平台，围绕核心零部件生产、工业软件设计开发、外围设备配套供应等相关产业环节，打造机器人及智能制造产业聚集区，通过产业链上下游合作，发挥协同效益，快速提升中山机器人产业整体规模水平。”哈工大副校长、中国科学院院士韩杰才表示。

从机器人企业到机器人产业，翠亨新区正通过哈工大机器人集团这样的“种子企业”来撬动智能制造产业集群的形成。中山市智能制造规划提出，到2018年全市50%规模以上工业企业完成新一轮技术改造，并建成产值超亿元的机器人制造企业及集成企业20家左右。

未来，深中通道作为粤港澳大湾区的交通大动脉，将改写珠江东岸和西岸的融合发展速度。而借助内连外通的优势，翠亨新区将成为纵贯广澳、横接深港的枢纽，承接创新资源外溢的珠西桥头堡。

以深中通道建设为契机，中山正加快推进包括高速公路、轨道交通、客运港口等在内的立体交通项目，为开放中山新格局的形成，提供便捷快速的交通支撑。

改革开放40年来，得风气之先的中山乘风破浪，以全省1%的土地面积、3%的常住人口，一跃成为广东“四小虎”之一，发展质量和效益常年位居全省前列。

如今，在新一轮改革开放大潮中，中山再次扬帆启航，以更宽广的发展视野、更具前瞻性的行动、更有创新性的思维融入粤港澳大湾区建设。

敢为天下先的中山，在新的历史起点上再出发，必将续写新的改革篇章。

亲历者说

见证全国第一家中外合作宾馆落成，中山温泉宾馆原顾问讲述“改革奇迹”：

合作方式无先例可循　靠“摸着石头过河”

“当时就是在一个工棚里面，一边施工，一边设计。”中山温泉宾馆原顾问吴励民老人指着历史照片，如数家珍讲述中山温泉宾馆的“威水史”。

中山温泉宾馆，位于中山市三乡镇雍陌村。作为全国第一家中外合作宾馆，它对于改革开放的意义，不仅仅在于开创性地探索了新的运营和管理模式，更因为宾馆建成3年后改革开放总设计师邓小平的下榻，让它与“不走回头路”这一句伟人宣言紧紧联系在一起。

“从正式开工到建成，中山温泉宾馆只用了一年的时间。”吴励民记得，中山温泉宾馆所引入的酒店管理方式，开启了国内企业管理体制改革的先河，一时名声大噪，掀起国内招商引资的盖头。

开业仅一季度接待游客超15万人次

1978年12月19日，在十一届三中全会开幕后的第二天，霍英东看到《澳门日报》刊登了中山县翠亨村开辟旅游区的报道，于是开始了他长达数月的珠三角考察。后来，霍英东决定把他的首个投资地选在孙中山的故乡，这才有了全国第一家中外合作宾馆——中山温泉宾馆的诞生。

在没有先例、无法借鉴的条件下，找到一种既符合实际，又有开创思维的合作路径，合作双方可谓挖空心思，完全是“摸着石头过河”。

“怎么确定合作方式呢？当时也讨论了很久。”吴励民回忆，“合资行不

■中山温泉宾馆建成后，前来旅游的宾客络绎不绝（中山市委党史研究室供图）

通，因为中山没有出钱；独资也行不通，因为当时政策不允许。后来霍英东提出了‘合作’这个办法，宾馆确定为中外合作，中山不出钱，但占有产权。”

在中山温泉宾馆，至今可以看到这份签订于1979年8月8日的合作协议书：乙方中澳投资建设公司投资不超过3000万港元，不需担保、不计利息；旅游区工程自营业起归国家所有，由国际旅行社中山支社经营管理；在旅游区的200个房间中，划出一半给中澳公司收取房租，旅游区的一半商场也给乙方经营，作为乙方投资的偿还，10年为期。

宾馆开业仅一个季度，入住数量就达1万多人次，到此旅游的港澳同胞、华侨约15万人次，总收入约合人民币100万元，纯利润约14万元。

吴励民介绍，到了1981年，双方又签订了补充协议，中澳投资建设公司追加了1000万港元的投资，宾馆房间的补偿经营期从10年延长到13年。

从启动到完工仅用了一年时间

1979年11月，中山温泉宾馆开工建设，仅一年时间便建成开业。这个速度，当时港澳人士的评价是：不仅在港澳，就是在世界上也是少见的。

“各方都非常支持，各级政府的行政审批都为它开绿灯。”吴励民说，当时很多家私设备都要从美国进口，海关也解放思想，让货柜能直运到宾馆。

为了追赶进度，中山温泉宾馆一反先设计后建设的常规做法，改为边设计边建设。“设计师搭了一个工棚，把办公室搬到了工地。”吴励民指着挂在温泉宾馆的一张历史图片说：“这就是设计师莫伯治，是广州设计院总工程师，当时国内很有名的建筑设计师。”

1980年10月，宾馆主体工程已经竣工，但绿化、装修还没完成。此时，离预定开业时间只有一个多月了。

“大家都憋了一股劲，发起了最后的冲刺。”吴励民回忆起了当时的场景，“一共2000多名工人，用几天时间种好了草皮绿化，几万件家私用品也在一个月内从美国运回宾馆。”

同年12月28日，中山温泉宾馆隆重开业，各地宾客来了1000多人，筵开100多席。作为第一家中外合作宾馆，它的建成对于改革开放初期的中山、广东乃至全国来说，意义深远。在“吃大锅饭”体制还盛行的时候，这里率先实行了承包制；在市场经济意识不强的阶段，这里卖起了“一块难求”的“高价面包”……

除了中山温泉宾馆，这里还开办了内地第一家高尔夫球场中山温泉高尔夫球场，曾经带动1500多家餐饮业、住宿业、零售业企业集聚。如今，中山温泉宾馆、泉眼温泉、乡泉别墅等1000多家宾馆饭店鳞次栉比。

大事记

1976年

中山板芙镇里溪村率先探索“联产到劳”，对社员超产奖励体现按劳分配重要原则，被称为“广东小岗村”。

1978年

中山开始受理港澳商人来料加工装配登记业务，中山纸箱厂成为中山首家接受“三来一补”的企业。

1979年

广东省第一次关于真理标准讨论现场会在中山县召开，在全省掀起向板芙学习取经的热潮。

1980年

中山改革开放的重要标志、国内第一家中外合作酒店——中山温泉宾馆建成开业。

1983年

中山古镇开始出现以裕华灯饰实业公司为首的多家灯饰生产厂，被称为“中山的小温州”。

1984年

邓小平视察中山期间登上三乡罗三妹山，道出“不走回头路”名言。中山也在改革开放初的小试牛刀后，甩开膀子大胆创新。

1988年

中山升格为地级市。同年，全市国内生产总值达39.3亿元，人均国内生产总值超过800美元，被国家统计局列为全国第一批36个率先跨入小康水平的城市之一。

1990年

3月28日，在香港举办首届中山招商经贸洽谈会，此后每年举办，称“3·28经贸会”。

1997年

联合国将联合国人居奖颁给中山，是当年度唯一一个获奖的亚洲国家城市。

1999年

首届古镇灯博会盛大开幕，盛况空前，灯饰盛典就此打响头炮。

2008年

大洋电机上市，逐步成长为中国空调产业第二大供应商，是中国首家也是唯一一家电机类产品出口免验企业。

2009年

中山市政府颁布实施《中山市流动人员积分制管理暂行规定》，在全国率先探索积分制破解“二元结构”难题，推动流动人口公共服务均等化和市民化。

2012年

中共广东省第十一次代表大会召开，将中山翠亨新区作为全省转型升级的重大战略合作平台之一写入党代会工作报告。

2016年

深中通道主体工程正式动工，未来中山、珠海、江门及粤西等地区通往深圳、粤东等地区的过江时间，将从目前2小时缩短为20分钟左右。

奋发湛江：从湛江港到东海岛

文/杜玮淦　崔财鑫

碧海蓝天，风起云涌。

在湛江市人民大道经济技术开发区广场上，寓意湛江市人民在改革开放中扬帆搏浪、走向世界的大型雕塑“风正帆悬”巍然屹立。

周恩来誉湛江为“小巴黎”，邓小平也曾迎着南海湿润的海风感慨：“北有青岛，南有湛江。”改革开放40年来，湛江逐渐崛起为中国南海边的一座现代化新城。

中国最早设计建设的现代化港口之一湛江港，揭开了湛江改革开放的历程，从海康县（今雷州市）北和公社潭葛大队在全省先行试点“包产到户”，到吴川、廉江崛起的乡镇合作企业享誉海内外，再到成为全国首批14个沿海开放城市之一，建设经济技术开发区由小变大、由弱变强，最后在东海岛热火朝天的工地上，崛起大钢铁、重化工、新型纸三大产业“航母”……

2018年7月，中德第五轮政府磋商传来好消息，德国巴斯夫集团精细化工一体化基地将落户湛江东海岛，项目投资总额预计达到100亿美元，2030年完工后将是该集团最大的投资项目。国务院总理李克强指出：“这是中国重化工行业外商独资企业‘第一例’。”

从湛江港到东海岛，湛江人以“敢闯敢试”的品质，书写着属于自己改革发展、对外开放的历史篇章。

迎风弄潮，扬帆奋发。湛江正以改革开放40周年为新起点，着力打造全国性综合交通枢纽、北部湾中心城市、省域副中心城市，努力成为“一带一路”的支点，争当海上丝绸之路的排头兵和主力军。

先行一步➔
一镇一品农村合作经济蓬勃发展

湛江依海而建，因港而兴。

在夏日艳阳的照射下，远眺湛江港外，水天一色，岸线绵长，好一个得天独厚的“天然深水良港”。

湛江海岸线长达1243.7公里，约占全省海岸线总长的30%，全国的7%，是全国海岸线最长的城市之一。湛江港位于雷州半岛，东接珠三角，西临北部湾，背靠“三南（大西南、华南、中南）”，坐拥优越的地理位置，这是我国通往东南亚、非洲、欧洲和大洋洲航程最短的进出口港口，也是西南地区通向出海口铁路运程最短、条件最好的重要口岸。

早在民国时期，孙中山在《建国方略》一书中构想了中国建设的宏伟蓝图，具体阐述了摆脱外国势力，建设独立自主的铁路和港口的部署，其中就有在湛江兴建南方大港和修筑连贯西南铁路的设想。

这个设想在中华人民共和国成立之后变为了现实。1955年，时任交通部长章伯钧提交了建设湛江新港的报告，在国务院全体会议上通过。同年7月，黎湛铁路通车，港口建设进程加速推进。不到一年的时间，1956年5月1日，湛江港第一期工程提前投入使用，成为1949年以后国家第一个自行设计并建造的现代化海港。

这座滨海城市的发展离不开港口，改革开放的火种则率先在农村蔓延开来。

20世纪70年代末，中国体制改革乍暖还寒，广大农村囿于“左”的路线束缚，生活生产处境并不乐观。海康县北和公社潭葛大队曾长期是生产靠贷款、吃粮靠返销、生活靠救济的“三靠队”。

1977年11月，35岁的大队党支部书记吴堂胜在第五生产队搞试点，将土地、生产工具、耕牛包给农户，开始试行“包产到户”，燃起湛江农村改革的“第一把火”。

第二年，冬造作物果然获得了丰收，农民的积极性越发高涨。彼时，中央对“包产到户”尚无明确意见，各地争议颇多。“包产到户”被认为是单干、姓“资”，是很多人不敢触碰的禁区。到1980年，湛江率先允许各地试行“包产到户”，一个五谷丰登、六畜兴旺的局面开始出现在湛江农村。

潭葛村在广东农村改革先行一步，农村劳动力被解放了，“吴堂胜们”洗脚上田，把目光转向了工业生产，由此诞生了富有地方特色的工业型专业镇。

20世纪80年代初期，在吴川出现了“个个下海经商，人人想当老板”的局

A06-A07 时局

壮阔东方潮 奋进新时代——庆祝改革开放40年

奋发湛江：从湛江港到东海岛

解读广东改革密码

一镇一品农村合作经济蓬勃发展

工业发展和循环经济“比翼齐飞”

最荒芜之地成为经济发展新引擎

建设全国第一条“农民铁路”

国企改革释放产业活力创多项“第一”

大事记

面。一时间，个体、私营、联营、股份合作等经营模式竞相迸发，在广东省内独树一帜，与当时的“温州模式”齐名，被誉为“吴川模式”。经过几十年发展，以吴川博铺、梅菉为首的几个街道、镇已经成为远近闻名的“中国塑料鞋之乡”，吴川成为全国塑料鞋生产的三大基地之一，产量超过全国总产量的1/3，一度有“全国都穿吴川鞋”之说。吴川鞋还远销非洲、中美洲和南美洲市场，占据近一半的东南亚市场。

在湛江还涌现出很多像吴川博铺、梅菉这样的专业镇，他们伴随手工生产壮大成长起来，成为县区经济发展的重要支撑。

吴川的羽绒产业，是从一批收购鸭毛鹅毛的“叮当佬”起步的。遍布全国的吴川籍商人将羽绒收集回来之后，加工成为水洗绒。改革开放之后，精明的吴川人看到了商机，逐渐拉长了产业链，生产羽绒被服等成品。吴川塘尾镇是羽绒业的重镇，拥有百余家规模以上企业，不乏中国免检产品、广东名牌产品、著名商标，“中国羽绒之乡”实至名归。

20世纪70年代末，廉江人从自家的田地里解放出来，以家庭作坊为单位经营起发热管、天线架等小家电产品。1976年，中国第一台简易电饭锅在湛江问世，此后迅速发展，以廉江为主要生产基地的电饭锅开始风靡全国，廉江成为名副其实的“电饭锅之乡”。如今的佛山顺德（廉江）产业转移工业园处处洋溢着开发建设的热潮，以电饭锅为代表的厨房电器产品已占据国际主要市场，成为中国最大的小家电生产及出口基地。

■广东冠豪高新技术股份有限公司涂布生产线（湛江市委宣传部供图）

主动出击➔
建设全国第一条“农民铁路”

改革开放的春风吹到湛江之前，这座湛蓝之滨的城市已经掀起了一股开发海洋资源的浪潮。

1973年，湛江市麻章区湖光镇料村围起一个小院子，挂起了“养虾试验场”的牌子。中国水科院南海水产研究所的专家、广东海洋大学前身湛江水产专科学校的教师驻扎在这里进行科学试验。到1978年，对虾亩产从24.5斤跃升到360斤。

随着潭葛村农村改革的“第一把火”蔓延到全湛江，家庭联产承包责任制得以在沿海渔区贯彻，对虾养殖迎来了第一个高峰期。经过40多年的发展，湛江拥有全国最大的对虾产业基地，形成了完整的对虾养殖产业链，享有七个“全国第一”：养殖面积全国第一、对虾种苗产量全国第一、对虾产量全国第一、加工规模全国第一、出口量全国第一、对虾饲料产量全国第一、全国最大的对虾专业交易市场。

湛江也成为国际对虾产品的重要出口基地。在国际上，湛江的对虾销售流通量占全世界的15%，在国内也占据2/3的市场份额。

湛江涌现出一批出类拔萃的养殖企业，其中，广东恒兴集团有限公司创造了全国首个水产原种良种对虾种苗“中兴一号”。

“回想当年，我这个农民也是赶上了改革开放的好时机！”时任湛江市霞山区新村村委会主任林木珠回忆，1984年，在他的带领下，霞山区新村建设了全国第一条“农民铁路”。

由于城市开发红利，村里得到了80万元征地款。村民们当时都想着如何分钱，而林木珠则看得更远：“发展壮大集体经济，发展才有出路啊！”

改革开放之后，全国货物流通量加大，火车运力吃紧，湛江火车南站经常有货物囤积，林木珠说服了将信将疑的村民，利用靠近火车站的优势，建造一个中转货场。

农民建设铁路，这在国内还是新鲜事。林木珠在跑审批的过程中遭遇很多意想不到的阻力。经历多次请批，1987年12月，储运站和两股长度649米的铁路专线历时8个月建成。投产仅200天便创下产值55万元，解决了200多人的就业问题，村民从怀疑变成了欣喜。事迹登上了《人民日报》《南方日报》，湛江人民主动出击、敢闯敢试的精神得到了广泛关注。

改革释放生产力，最终成果是全民共享。湛江不仅致力于变革生产关系，在民生服务上也走得更远。

2009年，湛江将新型农村合作医疗与城镇居民医疗保险并轨，在保证市民基本医疗保险后，2012年在全国率先引入商业保险公司参与医保管理服务，形成了城乡一体、市级统筹、商保参与、诊疗规范、大病保险的医疗保险制度。

湛江在全国率先探索了商业保险参与城乡居民医疗保险的路子，启动了政府主导、商业保险机构承办的大病医疗保险制度，获得国家、省有关领导的肯定。湛江启动医改，将全市各区县纳入到市级统筹，建立起城乡医保统一管理体系，一改以往县办县统筹管理模式所造成的各自为政、基金调剂能力弱、抗风险能力低等缺点。引入商业保险公司进入基本医疗保障领域之后，长期困扰医保经办机构的管理成本难题得到缓解。

大胆革新➔
国企改革释放产业活力创多项“第一”

“改革开放让我这个农村仔有了美好的梦想，想闯出一番事业。”在湛江国企改革发展历史中，糖业改革是浓墨重彩的一笔，见证这段历史的广东金岭集团董事长林水栖深有体会。

1979年，高中毕业的林水栖和林东春、林日春三兄弟贩牛赚取了“第一桶金”，成为村里首批“万元户”。随后，他们投资建起了蜡烛厂、橡胶手套厂，成为湛江改革开放中“先富”的代表。

1984年5月，湛江被列为全国首批14个沿海开放城市之一，是广东省除了广州之外的唯一入选城市。同年，湛江经济技术开发区获批建设，这个决定是湛江发展史上一个重要的分水岭。

盛夏时节，湛江遍地瓜香果甜，一派丰收的景象。

作为我国四大蔗糖生产基地之一、广东省甘蔗主产地，湛江20世纪80年代至90年代初就有多达34家糖厂，日榨能力9.4万吨。但是，到了90年代中后期，全市地方国有糖厂出现全面亏损，至1999年底亏损额达30多亿元，拖欠农民甘蔗款16.4亿元，糖业从支柱产业变成湛江工业经济发展的包袱。

从1999年开始，湛江市政府决定对地方国有糖厂进行产权制度改革，关停12家糖厂，对保留的22家糖厂进行经营机制转换和产权改革。广东金岭集团等4家糖业集团管辖22家糖厂，每个榨季糖业工业总产值恢复到占全市工业总产值的近5%，成为遂溪县、雷州市、徐闻县的支柱产业之一和县财政收入的主要来源。

湛江垦区创建之初，主要是为了发展橡胶产业，垦区多数农场属于沿海台风高发区，每年都有不同程度的风灾，影响胶林生长。为了扬长避短，垦区把主导产业调整为糖蔗，在从“以胶为主”向“以蔗为主”转变的同时，加快资产重组，以新建、扩建或兼并、联合的方式，发展壮大了一批糖厂。在20世纪90年代，先后组建了广前糖业、丰收糖业和华海糖业3家大型企业集团，以龙头企业联结起家庭农场和国内外市场。

1993年，党的十四届三中全会通过《中共中央关于建立社会主义市场经济体制若干问题的决定》，重申“坚持公有制为主体、多种经济成分共同发展”

的方针，更进一步明确提出“一般小型国有企业，有的可以实行承包经营、租赁经营，有的可以改组为股份合作制，也可以出售给集体和个人。”

在政策红利的指引下，林水栖在香港成立了公司，以外资的身份投资遂溪岭北镇金岭糖业有限公司，并收购经营岭北糖厂，成为湛江首家收购国营糖厂的民营企业。如今，林水栖的“甜蜜事业”越做越红火，已经成为以制糖业为主的集团化民营企业、农业产业化国家重点龙头企业、湛江市三大糖业集团公司之一。

早于党的十四届三中全会的1992年，湛江市第一家股份制试点企业——湛江金地股份有限公司经广东省政府批准成立，至年底，省政府先后批准了湛江市半球、三星、华威、湛化、紫荆、三帆等22家企业组建股份有限公司。

湛江市家用电器工业公司，即后来的半球集团公司是其中的佼佼者。从1969年的一家小五金厂，通过不断地联合、扩张，发展成为大型企业。“半球模式”曾经风靡广东，被认为是改革发展的典型案例。1982年，该集团生产的“三角牌”电饭锅问世，到20世纪80年代末，“三角牌”（后来的“半球牌”）电饭锅在国内拥有高达40%的市场占有率。

1987年，半球集团公司生产的半球牌电风扇首次进入美国市场，第一批发货20万台。

1990年，湛江市三星农用汽车（集团）公司生产的三星牌农用汽车在湛江港装船发运大洋洲，开创了中国农车出口的纪录。

正当“湛江制造”昂首阔步走向世界的时候，1993年，中外合资企业湛江冠豪纸业有限公司在湛江开发区成立。这家企业一诞生，就填补了国内热敏纸生产的空白，成为首家大型特种纸企业。

■湛江港石化码头（湛江市委宣传部供图）

二次创业➔
工业发展和循环经济“比翼齐飞”

2018年7月1日9时23分，D9741次列车缓缓驶入外形如“雷州换鼓”的湛江西站，开启了粤西出行新版图。高铁开通后，湛江和粤港澳大湾区内各大城市联系更加紧密，进入“3小时生活圈”。

进入21世纪，湛江确立并实施“工业立市，港口兴市”的战略，驶入了发展的“快车道”。

位于湛江东南部的东海岛，是全省最大的岛屿，在全国排名第五。1992年，省政府批准成立东海岛经济开发试验区。2006年，国家批准湛江经济技术开发区扩区，将东海岛纳入。湛江经济技术开发区原党委委员、管委会常务副主任李国良说，这是湛江改革开放历史上“打的一场漂亮仗”，这个“工业大舞台”将决定未来湛江发展走向。

宝钢湛江钢铁基地项目就落户在这里。这个投资近700亿元，生产成品钢材规模达1000万吨/年的巨型工业项目，将是湛江历史上投资规模最大的工业项目。钢铁行业经历从产能不足到过剩的产业调整，湛江钢铁也顺势而为，打造精品钢铁基地，未来将面向高端市场，带动整条配套产业链提升，致力于成为我省加快产业转移的“探路者”。

走进宝钢湛江基地，生产线有序运行，冷轧、热轧等车间马力全开，全力生产。2012年5月24日，国家发改委核准湛江钢铁基地项目，项目由宝钢湛江钢铁有限公司投资建设。如今，湛江钢铁1550冷轧生产线已经全线贯通，一期工程全面达产，钢材年产量达到850万吨，实现工业总产值320亿元，多项经济和环保指标创下全国之最。

中科合资广东炼化一体化项目是我国目前规模最大的石化合资项目之一，于2016年12月全面动工，累计完成投资72.2亿元，主体工程完成全部寄出设计审查，计划2019年投产。开发区以此为支点，规划建设石化产业园，瞄准国际化企业、国内大型化工龙头央企，布局石化产业链，同时拉动湛江原有的塑材、电子化学品、精细化工等一系列中下游产业的发展。目前，京信东海电厂、神州长城鹏尊项目、东海岛港区公共码头等一大批项目已经落户园区。

晨鸣纸业、冠豪高新纸业发展态势良好。晨鸣纸业已经成为全球规模最大、装备最先进的林浆纸一体化生产基地，拥有世界上纸幅最宽、车速最快、单机产能最高的文化纸、白卡纸生产线。目前，企业已经成功开发白卡纸海外市场，贴着“湛江制造”的高新产品走向世界。

在公众印象里，造纸是高耗能、高污染的行业，但是在晨鸣纸业走一遭，这种观念会被改变。自2011年投产以来，晨鸣纸业用于环保和循环经济的投资达30多亿元，废水、废气处理设备均引进国际先进水平产品，打造环境友好型和资源节约型企业。

如今的东海岛，形成了钢铁、石化、造纸三大产业，云集了一批大项目，是广东产业转移的主战场，也是全省乃至全国最大的工业建设战场之一。三大产业的发展与优良的港口密不可分，产业与港口相辅相成，相互成就。

2008年，湛江全市港口货物吞吐量突破亿吨，达到1.04亿吨，迈进全国亿吨大港行列，成为西南沿海港口群首个亿吨大港。2017年，湛江港雄风再现，以超过2.8亿吨的货物吞吐量，20年后重回全国十大港口行列。

亲历者说

湛江经济技术开发区原党委委员、管委会常务副主任李国良：

最荒芜之地成为经济发展新引擎

1994年，李国良从部队转业到湛江经济技术开发区工作。后来，他担任湛江经济技术开发区党委委员、管委会常务副主任，经历了开发区从初次创业、曲折发展再到跨入新一轮发展的过程。在他的参与下，2006年开发区扩区审批获国务院通过，将东海岛纳入建设范围，成为湛江实现跨越式发展的重要战场。

“未来湛江能不能进入‘万亿俱乐部’，关键就看开发区的发展。”李国良深有感触地向记者讲述他所了解的湛江经济技术开发区发展历程。

招商不能“贪多”而是“重质”

1984年，全国首批14个沿海开放城市确定，湛江成为其中一员。同年，国务院批复《湛江市对外开放工作的报告》，湛江经济技术开发区应运而生。开发区最初的9.2平方公里土地，曾经是湛江最荒芜的土地之一，人称“兔子不拉屎的地方”。

在李国良看来，开发区设立之初，完全没有经验可以参考，是“摸着石头过河”。经过几十年的发展，湛江开发区承担着湛江经济发展的重任，成为城市发展的重要引擎。据统计，1984年湛江市地区生产总值为26.3亿元，2017年已经达到2824亿元，增长了100倍以上。

“湛江开发区一开始的发展并不均衡，铺开搞规模，拼命上项目。”李国良说。

招商不能“贪多”，而是要“重质”。李国良总结经验教训，首先是要“规划招商”。很多开发区不重视发展规划的制定，“规划规划，墙上挂挂”。湛江开发区一改这种作风，聘请新加坡一家知名企业为开发区制定发展规划，反复细化完善，成为招商“利器”。很多企业一看到开发区详尽的发展规划，就认定这是一处发展成熟的开发区，自然愿意前来投资。同时，开发区提出要坚持“产业链招商”，拒绝“摊大饼”式的发展，合理配置资源、市场，以明星项目为龙头，带动整条产业链上中下游进行产业布局，开发区的实际操作证实该策略是正确的。

打造三大产业“航母”

2005年，开发区原规划的工业发展用地已开发8.52平方公里，但还有一大批大项目等待落户，资源紧张，发展瓶颈日益凸显。

“想要实现经济转型和产业升级，需要足够的空间和平台。”李国良说。2006年，国务院批准湛江开发区在原有的规划控制面积基础上，再扩大10平方公里，将东海岛囊括进来，整个开发区面积将达到19.2平方公里。

由于扩区对每个细节的审查都十分严格，为了使扩区进程尽量加快，当时兼任扩区领导小组副组长的李国良奔波于湛江、广州、北京三地，最长的一次在北京驻守了3个月。

2006年，湛江开发区正式获批扩区，成为当年全国获批的唯一一家。这无疑为开发区未来发展注入了新的动力。2010年，在省市两级的努力下，湛江经济技术开发区和东海岛试验区合并为新的湛江开发区，管辖面积跃升到354平方公里，成为全国面积最大的国家级经济技术开发区之一。

如今的东海岛成为热火朝天的工地，几个超大型项目同时开工建设。未来，这里将重点发展临港重化工工业和海洋高新技术产业，云集湛江钢铁、中科炼化、晨鸣、冠豪、巴斯夫等企业，打造大钢铁、重化工、新型纸三大产业“航母”。

大事记

1977年

海康县（今雷州市）北和公社潭葛大队开始试行家庭联产承包责任制。

1979年

湛江市南港服装厂接到第一单来料加工业务，开始了全市以“三来一补”为特点的对外贸易商品生产。

1984年

党中央、国务院总结经济特区建设经验，决定进一步开放14个沿海港口城市，湛江被列入其中；同年，湛江经济技术开发区获批建设。

1987年

湛江市家用电器工业公司生产的半球牌电风扇首次进入美国市场。

1989年

湛江市第一家私营企业——湛江市科技工程有限公司正式登记成立。

1992年

湛江市第一家股份制试点企业——湛江金地股份有限公司经省政府批准成立；同年，省政府批准成立东海岛经济开发试验区。

2006年

湛江经济技术开发区扩区获批，东海岛被纳入其中。

2008年

湛江港货物吞吐量突破亿吨，迈进亿吨大港俱乐部。

2010年

湛江国联水产开发股份有限公司正式挂牌上市，成为湛江首个迈进资本市场的民营企业。

2012年

宝钢湛江钢铁基地项目建设在东海岛正式拉开序幕，这是湛江有史以来投资规模最大的项目。

2013年

湛江港宝满集装箱码头试运行。

2018年

德国巴斯夫集团精细化工一体化基地签约落户湛江，项目投资总额预计达到100亿美元，2030年完工。

蝶变凤城：从“清远经验”到“农综改样本”

文/王聪　魏金锋

峡口春帆，飞霞烟雨。在清远市清城区白庙村北面，有一处清远氮肥厂旧址，改革开放初期，这里曾催生出影响全国的“清远经验”。

不远处的北江静静流淌，不紧不慢，像是在讲述着一段段改革故事——

40年前，面对国营工业企业效益低下、经济发展停滞不前的情况，清远人解放思想，敢于实践，率先在全国实行“超计划利润提成奖”，探索出工业管理体制改革的“清远经验”。

改革从来不会一帆风顺。面对阻力，时任广东省委第一书记的习仲勋同志大力肯定和支持清远的改革探索，并赴清远实地调研，“清远经验”最终由“地方粮票”变身“全国粮票”。

作为后发地区，清远不甘于人后，在扶贫开发、农村综合改革等领域持续发力，创造出“扶贫经济开发试验区”“农综改样本”等鲜活经验，演绎“清远经验”的不同续集。

改革开放40年，同时也是“凤城”清远蝶变的40年。

毗邻珠三角是清远的独特优势，广清一体化让清远进入新的战略机遇期。未来清远要实现改革振兴，仍须不忘初心，接续奋斗。

穷则思变➔
破解旧工业管理体制“紧箍咒”

夏日的午后，飞来峡两岸青峰绕翠。

如今，昔日的清远氮肥厂只剩下一片废墟。然而，重拾那段改革历史，创新的勇气和精神，依然扑面而来。

20世纪70年代，由于实行计划经济，工业管理较为落后，企业普遍存在吃“大锅饭”的现象，特别是县级国营工业企业，亏损几乎是“家常便饭”，成为困扰企业的“头疼病”。1977年，清远全县不仅没有完成国家下达的利润计划，反而亏损了30多万元，有的企业甚至要向地方财政借钱发工资。

“当时真的是穷怕了！企业连年亏损，心里老有‘打败仗’的感觉，滋味

A06-A07 时局
壮阔东方潮　奋进新时代——庆祝改革开放40年
蝶变凤城：从“清远经验”到“农综改样本”
解读广东改革密码
破解旧工业管理体制“紧箍咒”
习仲勋大力支持推广“清远经验”
扶贫与经济开发并驾齐驱
农村综合改革激发内生活力
企业没有自主权就无法生存
大事记

难受。”年过七旬的原清远氮肥厂厂长王昌浩对当年的情形记忆犹新，“当时大家都吃‘大锅饭’，企业没有自主权，职工缺乏积极性，怎么能不亏损？”

转机终于出现。1978年，借全国开展关于真理标准问题大讨论的“东风”，处于困境中的清远氮肥厂也召开了讨论大会，试图解开“死结”，找到出路。

“经过几场大讨论，大家都觉得不搞奖励是没有出路的。”王昌浩说，当时厂里决定拿出5万元来搞“记分计奖”。这项制度规定产量、工艺指标、安全生产等指标与奖金挂钩，分1.2元、1元、0.8元三个标准等级进行核算，并最终发放到个人。“这个大胆的想法效果立竿见影，极大地激发了员工的生产积极

■清远氮肥厂旧貌（资料图片）

性，‘上班打瞌睡，下班生如虎’的现象也消失了。”

实际上，“记分计奖”就是“超计划利润提成奖”的雏形。“改革当时在厂内部是一致通过的，后来遭到县有关部门反对，我们差点被扣上‘私分国家财产’的帽子。”原清远氮肥厂生产调度员陈奔驰回忆说，幸好得到了县领导的支持才得以实施。

在清远氮肥厂“记分计奖”的基础上，1978年10月，清远开始推行“超计划利润提成奖”试点，成效明显，其中，氮肥厂10月份前13天还亏损3.2万多元，试行仅17天后，月终就实现盈利3.5万多元。在尝到“甜头”后，清远很快在全县17个国营工业企业中全面推广“超计划利润提成奖”。“当年清远县第四季度实现的利润，相当于前三个季度利润总和的1.3倍，超额10%完成了原来认为不可能完成的利润计划。”原清远县委书记陈国生曾回忆说。

2018年63岁的金少峰曾在清远氮肥厂工作多年。“之前我每月的工资是41块钱，实行奖励之后，每月还能拿到30多块钱奖金。”金少峰笑着说，“工资实现‘二级跳’，接近副科。”

“企业虽然盈利了，但头上的‘紧箍圈’还没解开。”王昌浩说，“企业自主权受到多个部门限制，‘婆婆’太多。”对于企业缺乏自主权和灵活性，当时广东的一名国营工业企业负责人作了个形象的比喻：企业好比“笼中鸟”，想飞也飞不了。可见当年工业管理体制改革已经迫在眉睫。

审度时宜，虑定而动。

据原清远县经委主任苏开介绍，1978年冬至1979年4月，清远县对县级机构重叠、多头领导的工业管理体制进行改革，撤销各工业局，由县经委直接管理国营工业企业，并相应扩大企业的经营管理权限。

改革要快马加鞭。1980年，清远试行利润包干、超额分成的经济责任制，由县经委直接对县财政实行利润包干，企业则对县经委实行利润包干，开创了国营工业企业承包的先河。为避免包干基数年年加码，出现“高指标”现象，从1981年起，清远实行“利润包干、逐年递增、超额分成、一定三年”的“递增包干”制度。

“一包就灵，一定就活”，“递增包干”实行第一年，清远全县实现盈利920万元。

在计划经济体制下，工业管理体制改革为何能够发挥如此大的效力？“实际上是通过扩大企业自主权，进一步处理好国家、企业和职工三者的关系，兼顾了三者的利益和国家得‘大头’的原则。”苏开说，如此一来，便同时调动了县、企业和职工的积极性。

苏开认为，实践证明，“清远经验”是县级工业管理体制改革迈出的第一步，对冲破旧框框的桎梏以及对国营工业管理体制的改革，起到了良好的带头作用。“‘清远经验’解放思想、勇于创新的精神在今天仍具有借鉴意义，值得传承和学习。”

平复争议➔
习仲勋大力支持推广“清远经验”

走进清远氮肥厂原址的一座厂房内，墙壁上一块字迹斑驳的黑板引人驻足。在这块黑板上，依稀可以看到当年“记分计奖”的痕迹。“习仲勋老书记当时来氮肥厂调研，就是在这栋楼里开会。”站在氮肥厂原址内，王昌浩陷入回忆。

新事物的发展，必然会受到旧事物的阻挠。当年，作为新生事物，“清远经验”曾遭受质疑和反对。“多亏了习仲勋老书记的大力肯定和支持，‘清远经验’才得以推广。”原清远县委副书记、洲心公社党委书记赵伯杰说。

赵伯杰说：“起初清远推行‘超计划利润提成奖’，是悄悄进行的。”直到1979年初，韶关地区革委会才从财会报表中发现，清远县是当年全区唯一增产增盈的县，便立刻派工作组来清远调查，并向省里递交了报告。自此，清远“超计划利润提成奖”的做法呈现在世人面前。

一石激起千层浪。

由于“清远经验”触动了沿用多年的计划、财政、商业、外贸等体制，在当时引起了很大震动。“倒春寒”很快来临，1979年5月，省财政、劳动部门联合发文，叫停清远的“超计划利润提成奖”。“理由是没有文件依据，并且提成比例偏大，上缴国家财政相对减少等，清远改革的阻力越来越大。”赵伯杰回忆说。

彼时，“解放思想”的春风早已吹遍全国各地。1979年8月，广东省委、省

■1980年7月，习仲勋曾于清远氮肥厂办公楼（如图左侧）召开座谈会（曾亮超/摄）

革委会在广州召开全省工业交通增产节约工作会议，在分组讨论会上，韶关代表和省财政、劳动、银行等部门的代表，围绕肯定还是否定“清远经验”展开了激烈的讨论，双方你来我往，各抒己见。

根据中央文献出版社出版的《习仲勋传（下卷）》一书记载，时任广东省委第一书记习仲勋全程参与了讨论，在听取了各方意见后，习仲勋在讲话中充分肯定了“清远经验”。他认为“清远经验”是冲破旧体制的一种尝试，并指出，“清远经验”说明，要把企业搞活，必须扩大企业自主权，必须落实按劳分配政策。

会后，为推广和总结“清远经验”，习仲勋率相关部门负责人到清远实地考察，并在紧接着召开的地委会议上，再次肯定了“清远经验”。在习仲勋的大力支持下，截至1980年3月，在全省2010户地方国营企业中，有将近1000户企业推广了“清远经验”。

然而，“清远经验”的推广并非自此一帆风顺。

由于受旧框框束缚太久，一些人的思想转变较为缓慢。1980年6月，全省工业交通增产节约、增收节支工作会议召开，与会者又掀起了对“清远经验”的争论。中共党史出版社出版的《习仲勋主政广东》一书记载，面对争议，习仲勋又一次对“清远经验”表示支持。“清远经验是我们自己创造的，土生土长的，大家熟悉，学起来容易。不要老是‘墙里开花墙外香’，家里也香。”习仲勋说。

与此同时，习仲勋的清远调研再一次被提上日程。

1980年夏天，在一个炎热的上午，习仲勋来到清远氮肥厂调研。他不仅到车间实地视察，还与厂里中层以上干部、工程技术人员、工人代表进行座谈。

作为工程技术人员代表，王昌浩参加了当年的座谈会。“我向习仲勋老书记作了工作汇报，内容是工厂的技术创新。”王昌浩回忆说，习仲勋老书记对氮肥厂的做法给予肯定，还让氮肥厂的干部们总结经验，向全国推广。

习仲勋肯定支持“清远经验”，为清远广大干部群众服下一颗“定心丸”。

打铁需趁热。1980年7月29日，省委、省政府正式发文批转清远县关于试行超计划利润提成奖和改革工业管理体制的情况报告，指出“清远经验”是一种大胆的、可贵的尝试，决定在全省范围内加以推广，进一步扫清“清远经验”推广的阻碍。

对于“清远经验”的推广，习仲勋做了大量且细致的工作。“习仲勋老书记思想很解放，重视调查研究，相信群众、依靠群众，乐意倾听广大干部群众的意见。”赵伯杰说。

来自广东的“清远经验”很快引起中央的注意，1981年，国务院发文，要求全国各地推广“清远经验”，搞好县（市）工业管理体制改革。到1981年底，全国有363个县和小城市学习“清远经验”。

至此，“清远经验”这张“地方粮票”变身“全国粮票”。

体外造血➔ 扶贫与经济开发并驾齐驱

走进清远市高新区，四处高楼林立，树木郁郁葱葱。“一晃十几年过去了，这里已今非昔比。”2018年82岁的广东嘉博制药有限公司董事长黄齐福感叹道。2003年，当他的公司落户清远扶贫经济开发试验区（清远市高新区前身）时，这里还是一片片农田，荒地。

沧海桑田，历史流变。1988年，清远建市，开启了另一段新征程。

从县升格为地级市，“小马力拖大船”，清远显得有些“先天不足”。虽然与广州相距不足百公里，但清远却曾是全国最有名的石灰岩贫困地区之一，20世纪90年代初，清远甚至曾被称为广东经济的“寒极”。

穷则思变。面对发展困境，清远人经过实践后认定，必须对外开放，以开放促开发，以开发促脱贫。“既然外资将贫穷地区视作‘畏途’，我们何不反其道行之，打一打‘扶贫牌’？”清远人善用逆向思维。

如何解冻“寒极”？清远的做法是“体外造血”。1991年，经省政府批准，清远“打开山门迎客”，选址在经济环境良好、交通便利的百嘉村，建立全国首个扶贫经济开发试验区。当时，试验区实行优惠的土地、利税返还等政策，招揽国内外企业前来投资兴业。

被试验区的优惠政策和发展前景所吸引，当时最早平整出的100万平方米土地，很快就被各路商贾争购一空。与中国香港合资的“华丽玻化砖厂”、与新加坡合资的“精密机械制造有限公司”等企业相继落户试验区。

“办好扶贫试验区，探索致富新路子。”《清远年鉴》记载，1992年6月，时任国务院副总理田纪云来清远视察，肯定扶贫试验区的做法。同年11月，国务院批准清远扶贫经济开发试验区列入全国农村改革试验序列。

在长期的探索中，清远不断开辟扶贫开发新路子。2008年，清远的扶贫“规划到户、责任到人”经验走出清远，成为广东扶贫开发“双到”工作的发源地。2016年以来，清远共实现9.8万贫困人口预脱贫，占现行标准贫困人口73.7%。

扶贫与经济开发并驾齐驱，为后来清远扶贫经济开发试验区的逐步转型埋下“伏笔”。2015年，昔日的试验区升级为粤北地区首个国家级高新区。

清远市政协经济委员会主任朱波见证了清远扶贫经济开发试验区的巨变。1996年，他任清远扶贫经济开发试验区财务处处长。“清远高新区的创新发展之路，是清远市30年改革发展的缩影，也为扶贫开发的‘清远经验’作了最好的诠释。”朱波说。

与此同时，随着广清一体化的持续推进，一批批拉动力强、科技含量高、就业人数多的项目落户清远。据统计，截至2017年底，位于清远市清城区的广清产业园累计签约入园项目166个，累计动工企业62个，金发科技、欧派家居、富强汽配等累计26个企业试投产。

“我们在清远的项目一期仅用了6个月就投产，创下金发科技全球项目从打桩到投产的最快速度！”金发科技集团董事长袁志敏说。作为广清产业园最早入驻的企业之一，欧派家居董事长姚良松说，位于清远的集成家居生产基地是该公司在全国最大的基地。

长隆集团也来“抢滩”。位于清远清城区的长隆世界森林综合体，总投资达300亿元，建成后预计年产值超百亿元，据估算，该项目将带动综合经济效益超过千亿元，创造5万个就业岗位，带动相关产业就业达20万人。“这里有良好的自然山水生态，我看好清远未来的发展！”广东长隆集团有限公司董事长苏志刚此前接受采访时说。

广清一体化使得清远进一步融入珠三角经济圈、粤港澳大湾区建设。清远市委党校副校长黄荣茂认为，清远要总结改革经验，抓住机遇，乘势而上，努力拓展更加广阔的发展前景。

乡村振兴➔
农村综合改革激发内生活力

清远连山县永和镇蒙洞村近年来喜事不断。

此前，蒙洞村由于环境脏乱差，外地姑娘对此望而却步，村中适龄男青年的婚娶成了“老大难”。2013年，经过农村综合改革，蒙洞村的环境、产业、文化生活换新貌，近年来已有几十名大龄单身男青年娶妻成家。

蒙洞村的喜事是清远“农综改”的成效体现。此前，无论是“体外造血”的扶贫经济开发方式，还是“双到”扶贫帮扶，实质上都是外部力量的介入。“路遥知马力”，想要实现乡村振兴发展，最终还是要靠内生动力。

“农村的组织化水平较低，农业生产经营体制机制落后，导致清远农村发展的内生动力和活力不足。”清远市委农办主任鲁小鹏回忆说，实际上，这是清远市委、市政府通过为期大半年的调研找出的“症结”。

核心问题找到了，该如何破题？

“当然要靠改革！当年调研结束后，清远‘农综改’脉络很快就被理清。”鲁小鹏说，从2012年开始，根据难点痛点，清远陆续推出“基层党建、村民自治、公共服务”三个重心下移，以及“农村土地、涉农资金、涉农服务平台”三个整合等举措。

党支部下移到村小组、成立由乡贤和骨干组成的村民理事会、服务送到“家门口”……“三个重心下移”既符合治理现代化要求，又尊重传统宗族关系，坚持从农民主体出发，清远乡村治理体系得以重塑。

基层党组织、村民自治“神经末梢”被激活，清远农村治理焕然一新。例如，清远英德市西牛镇禾湾村曾有20多年上访经历，村里田地荒芜日久，但在2013年“农综改”后，矛盾被化解在村一级，仅用了1年时间，西牛镇就实现“零上访”。

随着清远农村治理体系的改革，农业生产经营方式也在发生变革。

“清远地处粤北山区，此前土地零碎化问题突出，少的地方分成几块，多的地方甚至达到二三十块，根本没办法创造规模效益。”鲁小鹏说，为此，“农综改”开始后，清远根据农村集体“三资”基本集中在村民小组的情况，在村民小组建立健全经济合作社，以管理和经营农村集体资产，为土地等资源整合“铺路搭桥”。据统计，截至2018年3月底，清远全市55%的经济合作社完成了耕地整合，实现土地“多块变少块，小块变大块”。

“土地不再被丢荒，村里回乡创业的青年也一年比一年多。”清远市连山县丰乐农业发展有限公司总经理肖霞说。2014年，在珠三角打工的肖霞回到家乡清远连山县太保镇石寨村，发展农村生态种养业，如今她的公司已实现年产值270多万元。她还通过“公司＋合作社＋农户”的现代化经营形式，带动村民脱贫致富，成为村里的致富“领头雁”。

“人心齐了，事就好办了！”清远英德市石牯塘镇叶屋村村民理事会理事长叶时通说，“村里的道路绿化、文化驿站、农家乐大棚、农耕路……村民们都自发参与筹建。”在充分尊重农民意愿的基础上，清远将生态公益林补偿、种粮直补等普惠性资金由村集体统筹整合，实现“集小钱办大事”，摒弃过去“九龙治水”“撒胡椒面”等低效率方式。

“清远改革经验具有全国意义，具有历史意义。”2017年8月，受农业部委托，农村改革试验专家评估组前来清远开展“全国农村改革试验区”总结验收，“点赞”清远农村改革探索和成效。其实早在2016年，中共中央办公厅、国务院办公厅印发“31号文”《关于以村民小组或自然村为基本单元的村民自治试点方案》，其中就吸收了清远探索村民自治的一些经验做法。

省委党校副教授陈晓运认为，“农综改”为清远美丽乡村的建设打下良好基础。“如今，清远每年至少投入1.5亿元创建美丽乡村，通过公共财政引领撬动，对群众有激励作用。”

“现在村民最关心的是如何将乡村建设得更好，有越来越多的村庄主动申报创建美丽乡村！”清远市委农办副主任贺国斌说。据统计，截至2017年底，清远全市创建美丽乡村1752个，农村人居环境大为改善。

乡村振兴，清远已经在路上。

历史是一面镜子，照亮现实，也照亮未来。

40年间筚路蓝缕，既体现了清远改革开放的艰苦探索，也明晰了这座城市未来的发展路径和方向。新的历史起点孕育着新的机遇和挑战，如何不忘初心、重整行装再出发，在新一轮改革开放大潮中赢得先机，取得优势？这是时代留给清远的课题。

亲历者说

原清远县委副书记、洲心公社党委书记赵伯杰：

企业没有自主权就无法生存

1979年，赵伯杰时任清远县委副书记、洲心公社党委书记，他是当年“清远经验”出世及推广历史的亲历者，并且是习仲勋赴清远调研的见证者之一。2018年，年过八旬的赵伯杰在清远家中接受了南方日报记者专访。

“超计划利润提成奖”借鉴了“洲心经验”

南方日报：**1978年，清远是如何探索出推行“超计划利润提成奖”这条路子的？**

赵伯杰：清远县原来的工业基础比较薄弱，县原国营工业企业只有17家，共有职工6000多人，企业利润曾一度在走“下坡路”，从1966年的利润203万元到1977年亏损30多万元，当时有些工厂连发工资都很困难。

在开展真理标准问题大讨论后，清远县委经过深入清远各个厂调查研究后，发现存在不少问题。当时有些同志提出，可以借鉴洲心公社1962年推行田间管理责任制的“洲心经验”，用“超产奖励”的办法提高工人积极性，后来县委决定先在氮肥厂等4个厂开展试点。结果很让人惊喜，从1978年10月开始到年底，在不到3个月的时间里，这4个厂的改变很大，总利润比未实行之前9个月还多35%。

南方日报：**当时，清远还率先改革工业管理体制，由县经委统管。改革之后，县经委的职责、企业的自主权有了哪些变化？**

赵伯杰：企业没有自主权，就没办法生存。当年，在“超计划利润提成奖”全面铺开后，反映比较突出的问题是管理上跟不上改革的需要，机构层次多、管得多，而要解决问题时却无人负责，加上企业对这些问题反映强烈，因此必须改革管理体制。为此，清远县委研究撤销局一级行政管理机构，并精简人员。

改革后，清远县经委行政职能向服务、协调、管理的方向转变，对人、财、物、产、供、销实行统一管理。企业自主权也得到相应扩大，主要包括企业对清远县经委下派的任务负全责、超计划利润由企业跟清远县经委分成，以及有权支配和使用固定资产、择优录用员工、进行人员调整、可以根据实际情况进行自由赏罚等。

习仲勋深入工厂一线调研

南方日报：**1980年，时任省委第一书记习仲勋曾专门到清远调研“清远经验”，您是否还记得当时的具体场景？**

赵伯杰：至今仍记忆犹新。1980年7月5日，习仲勋老书记率省委、省政府有关部门领导，再次来到清远调研，连着住了3天。他深入工厂一线，实地视察了氮肥厂、水泥厂等企业，观看生产过程，与干部职工进行交谈，听取他们的意见和要求，还到一些用“超计划利润提成奖”建成的职工宿舍参观，最后则花了半天的时间，到洲心公社了解“五定一奖”的生产责任制。习仲勋老书记平易近人、谦虚谨慎、实事求是的工作作风在我的脑海中留下了深刻的印象。

习仲勋老书记在深入工厂调研的过程中，看到在实行“超计划利润提成奖”后，各个工厂都发生了深刻的变化，他非常高兴，热情赞扬清远的同志勇于实践、大胆创新。他说，“清远经验”闯出了一条改革经济体制的路子，确实把企业搞活了，方向是对头的，今后一定要进一步解放思想，开动机器，使这一经验不断完善提高，各有关部门要积极主动地支持这个新生事物，以促进本身的工作。这些讲话内容在《习仲勋主政广东》等书里都有记载。可以说，没有习仲勋老书记的决心和魄力，就没有后来“清远经验”的广泛推广。

大事记

1978年

清远县首先在县氮肥厂、化工厂、农机厂、水泥厂试行“超计划利润提成奖”，试行一周后，4家厂均实现扭亏为盈。接着，清远在17家地方国营工厂全面实行“超计划利润提成奖”。

1979年

清远实施工业交通管理体制改革，撤销局一级工业管理机构，由县经委履行工业企业经营管理职权。

1980年

7月5日，时任广东省委第一书记习仲勋赴清远调研，总结推广“清远经验”；7月29日，广东省委、省政府发文，在全省大力推广“清远经验”。

1981年

国务院发文，要求各地“继续推广广东省清远县的经验，搞好县（市）工业管理体制改革”。

1982年

政府工作报告指出，广东省清远县试行由县经委统一领导全县工业的经济活动，几年来已取得很好的效果。

1988年

经国务院批准，撤销清远县，设立清远市（地级）和清远市清城、清郊两个市辖区（县级）。

1991年

省政府批准设立广东省清远扶贫经济开发试验区。

2003年

清远扶贫经济开发试验区与清远生态工业园实现整合，成立清远高新区。

2012年

清远印发《清远关于完善村级基层组织建设推进农村综合改革的意见（试行）》，启动农村综合改革。

2013年

广州市政府和清远市政府共同签署共建广州（清远）产业园框架协议，打造全省新型合作共建示范产业园。

2014年

4月，清远成为中央农办农村改革试验联系点；11月，清远被农业部等13部委列为全国第二批农村综合改革试验区。

2015年

国务院批复，同意清远高新技术产业开发区升级为国家高新技术产业开发区，定名为清远高新技术产业开发区。

有为南海：从“敲锣打鼓贺富”到“冠军集群”闯世界

文/骆骁骅　郑佳欣　赵越　盛正挺

盛夏时节，热火朝天。

在佛山市南海狮山镇的一汽一大众华南基地内，自动化车间快速运转，平均一分钟有一台汽车下线。

万里之外的德国，数十名南海制造业企业家走进大众、宝马等德国制造企业的生产一线，探寻“隐形冠军”崛起的密码。

40年波澜壮阔，40年奋发有为。40年前，就在距离南海狮山不远的地方，改革春风吹来，一群农民从田间地头走向工厂市场，迅速成为第一批“万元户”，迎来了敲锣打鼓的声声贺富。

在改革开放的奔腾大潮中，作为康有为故乡的南海奋发有为，先行一步，与中山、东莞、顺德一道创造了“广东四小虎”的发展传奇。不同于以乡镇企业蓬勃发展而起步的“顺德模式”，发轫于农村的南海经济奇迹自带“地气”——它由一批批“洗脚上田”的农民用双手打拼而成，被视为草根经济原生发展的珍贵样本，孕育着“民间经济活力和草根精神”，有着“中国最完整的民营经济发展史”。

从“敲锣打鼓贺富”到“六个轮子一起转”，从成为全国首富县到首个引入土地股权制，从“三块地”改革破题到村级工业园改造的再出发，从民营企业的草根力量崛起到“隐形冠军”企业集群走向世界……40年先行一步的探索，透射出南海改革“地气”的密码：紧紧围绕农村、土地、产业三个核心要素，以土地启动工业化，用工业反哺农业，走上了一条工农互促、城乡互补、各得其宜的发展道路。

历史昭示未来。40年前，南海的改革从农村起步；40年后，南海改革再出发的原点又锚定农村。如今的南海，承担“中字头”“国字头”农村改革试点任务不下10项。传承品质，成就品牌，打造全球创客新都市，壮美的改革新蓝图，正在南海的身前徐徐展开。

A06-A07 时局

壮阔东方潮 奋进新时代——庆祝改革开放40年

有为南海：从"敲锣打鼓贺富"到"冠军集群"闯世界

解读广东改革密码

初春惊雷

"六个轮子一起转"催生致富奇迹

率银崛起

农地改革掀起全球化新高潮

大胆创新

"三块地"释放发展新空间

转型再出发

破题村级工业园 隐形冠军崛起

天天有人前来学习改革 曾去省外讲课分享经验

大事记

初春惊雷➔

"六个轮子一起转"催生致富奇迹

1980年1月10日，一次看似普通的拜年犹如初春惊雷，伴随着夜空中升起的烟花，震动了整个南海。

当时，时任南海县委书记的梁广大带领南海县委、县政府领导班子，抬着6头烧猪、10坛九江双蒸酒，带着100万响的鞭炮和烟花，专程来到南沙大队，和农民们开席饮酒。

"当时烟花在南沙小学放了一晚上，真是漂亮。我们家家户户都把桌子椅子搬出来，看烟花。"当年年仅11岁的徐用芬，对38年前的那件盛事记忆犹新。

南海是如何富起来的？1978年，面对全县人均收入不足百元，有人缺衣少食的状况，梁广大提出了“三个产业齐发展（农业、工业、商业），‘六个轮子一起转’（县、人民公社/区、大队/乡、生产队、个体、联合体）”的发展思路。这正是后来扬名全国的“南海模式”的雏形。

1979年，南沙大队因为走农工商多种经营的路子，搞活了农村经济，当年该村人均分配550元，一跃成为全县“首富村”。

彼时，社会上“越穷越光荣”的思想依然浓厚，率先富起来的南沙大队顿时成为人们激烈论辩的焦点。

再次“冒尖”的南沙，功过如何评述？梁广大作出了一个大胆的决定——“贺富”。从1980年开始，南海连续三年“祝富贺富”，给“万元户”们颁发奖状。1983年初，南海县委、县政府还专门下发红头文件，表彰600名专业户、重点户。

“祝富贺富”连着做了3年，人们对穷富的看法就不一样了。人们迸发出冲天干劲，南海全县上下迅速掀起“学富、比富、赶富”的热潮，一时间潮动珠三角。

“三姐天天晚上加班到11点，中午一般都不回家吃饭。我晚上经常去踩水车给模具机器供电。”徐用芬回忆。1980年左右，徐用芬的母亲已是村里有名的养猪能手，父亲经营的五金厂生意红火异常，全家超过七成收入来自副业。彩电、电饭煲、录音机、洗衣机、摩托车，当时能买到的电器她家几乎都有，俨然是个小康之家。

1981年，南沙大队进行年终分配，社员收入万元以上的有20户，得款最少的50户退休农民也分得1200元至1500元不等。

而从改革开放初期起，南海就注重对外开放。1980年6月17日端午节，一场筹备了大半年、延续了数百年传统的“半山扒龙船”活动，在梁广大等人的精心策划下，在西樵山天湖上演。10万人到场观看，盛况空前。这不仅是一

■1980年6月17日，南海策划的“半山扒龙船”活动，拉开了华人华侨、港澳同胞回乡投资的序幕（南海区档案局供图）

次纪念节日的民俗活动，更是一场解放思想、更新观念的招商引资。这次活动让许多海外侨胞、港澳同胞重新认识和了解南海，也了解到中国的发展，纷纷回乡投资办厂、为家乡捐资捐物、修建学校医院。当年，南海与外商签订的协议达363项，签约期加工费为5459万美元，比1979年增加了两倍多。在那个汽车非常少见的时期，南海大沥镇举行一次会议，七八米宽的广佛公路旁停了七八十辆汽车，这让来往的广州人议论纷纷，“以为有什么外国元首参观。”

在这样的形势下，南海工业、副业生产高速发展，农民集体分配从1976年的152元，猛增到1980年的341元。1981年人均收入达到400元，跃升成为全国首富县。当年末，南海农村信用社农业存款余额达到2.05亿元，在全国县支行中排名第一。

南海的经济发展，引起了时任广东省委第一书记习仲勋的注意。据中共党史出版社出版的《习仲勋主政广东》记载，1980年4月18日至20日，习仲勋到南海调研，他调查得很认真、细致。1980年4月19日下午，在南海县党代会闭幕式上，习仲勋肯定南海的工作搞得好，并鼓励南海在广东的“四化”建设中起带头作用。几天的调研后，他还问梁广大：“在全国，广东要先走一步，你们南海又要在全省一百零几个县中先走一步，你们敢不敢？”回答是肯定的，对此习仲勋很满意。

南海的迅速致富也惊动了中央。据梁广大回忆，1981年6月，胡耀邦在读完一份考察报告后，提笔写道：“从生产发展速度和总产值来看，现在全国有两个典型。一个是城市，即常州市；一个是农村，即广东南海县。”

从此，“城市学常州，农村学南海”的响亮口号在全国风起。先走一步的南海盘活农村经济，成为20世纪80年代中国农村发展致富的一面旗帜。

草根崛起➔
农地改革掀起全球化新高潮

壮阔的改革潮激发出南海人内心深藏的商品意识和个体意识。20世纪八九十年代，南海农民纷纷“洗脚上田”，“村村点火，户户冒烟”成为南海热火朝天搞建设的经典画面。1992年，邓小平同志视察南方，又一场思想解放为南海农村基层注入了新的活力。

在罗村镇的下柏管理区，农民自发将土地划分为农用与非农用，非农用地又分为经济开发区、商业区和住宅区，并第一次引入了股份制，农户把土地承包权折算成价值，向经济社入股，按股分红，如此一来，农民手中的土地承包经营权便转换成土地收益权。

这场自下而上的改革，使得土地再度回归到集体手中。不久，这项被总结为“一制三区”的基层经验在罗村下柏、里水沙涌、平洲洲表三个村试点推行，由此拉开了南海农村土地股份合作制改革的序幕。

试点异乎寻常地顺利，在沙涌，改革受到了村民的热烈欢迎。“原来集体的收益按人头平均分配，股份制改革后我们把股权设计成人头股、年龄股、贡献股和承包责任田股，综合体现大家对集体的贡献，纠纷一下子少了许多。”时任沙涌管理区党支部书记李锐常回忆道。

1993年7月，南海出台《关于推行农村股份合作制的意见》，在全区农村全面推开农村股份合作制。

股份制推开后，土地规模经营和农村机械化在南海得到快速推进。在罗村的下柏，7人承包800亩粮田，实现了机械化耕作；平洲的夏西集中了800亩农田，租赁给罗村的蔬菜生产专业户，成为南海最大的蔬菜生产出口基地。

更深远的价值在于，借助农村土地股份合作制改革，南海农民集体逐步开始探索集体经营性建设用地自发流转，这给了企业在征地之外第二种用地选择，大大降低了工业化门槛。

当时，借助香港产业转移的强大助推力，“三来一补”的发展模式已经让南海经济搭上快速发展的动力火车，拉开了南海全球化第一波浪潮。这一波全球化浪潮，伴随着土地改革的红利释放，掀起了发展的新高潮。

灵活的土地使用方式、低廉的土地成本招揽了大批工厂。“最开始进来的是三资企业，以港资企业居多，他们对土地需求量大，喜欢自建厂房，通常是租土地建，之后本地的民营企业开始增多，那时候我们已经有实力盖厂房，他们的体量相对较小，所以整租厂房的为多。”李锐常回忆说。

很快，这个农地制度风靡珠三角地区，成为佛山、广州、深圳等沿海发达地区农村土地制度改革的主流。

借助土地释放出的巨大红利，借助东南亚产业转移的发展势能，一大批南海民营企业崛起，成为南海全球化第一波浪潮的最大受益者。

1992年，南海里水镇农民李兴浩与台湾商人合资建立了志高空调。十多年后，志高在香港上市。

1993年，南海大沥人曹湛斌与哥哥曹锐斌创办坚美铝材，从一个小作坊起步，成长为国内最大的铝型材企业之一。

“春江水暖鸭先知”，在制造业快速发展的基础上，南海迅速迈向全球化的新征途。2003年，中国加入世贸组织迈入第三个年头，生产投资全球化的新浪潮扑面而来。南海开始探索新的发展战略——“双轮驱动”。南海一手招商引资“搬大树”，引进一批世界500强企业入驻，一手推行“雄鹰计划”，扶持南海民营企业的升级调整，带动民营企业做大做强。

2005年，南海引进本田汽车变速箱制造项目，成为佛山当年全市最大的外商投资项目。

回想起本田之所以选择佛山南海，本田汽车零部件制造有限公司第一任总经理芦川正幸坦言，最开始只是因为南海与当时旧白云机场的距离较近，抱着“去看看”的想法。佛山充分理解企业进驻时的需求，并相应地介绍了周详的配套设施规划情况。最终，本田选择了落户佛山南海，而芦川正幸也于2005年来到佛山任职。

在日资企业逐渐集聚的影响和带动下，南海国际招商引资的路子越走越宽。短短几年，奇美项目以及大众整车项目等数十个世界500强项目接连落地。2010年，南海引进一汽—大众这个千亿产值整车项目，在全省乃至全国的汽车产业版图上，由“配角”变身“主角”。代表着世界最先进制造水平的德国制造，在佛山建起了全球最先进的绿色汽车工厂。

南海在两次全球化浪潮里快速发展，开启了自改革开放以来的又一个发展高峰。

大胆创新➔
“三块地”释放发展新空间

砖红色的墙体、塔楼式的建筑风格，位于广佛路旁的南海区大沥镇太平北海村布鲁森幼儿园格外显眼。很多人并不知道，这个2017年开始招生的幼儿园背后牵动的是一次全国瞩目的改革。

当年先行一步的改革“小虎”，并没有停止探路的步伐。2015年2月，南海区成为全国33个土地改革试点地区之一。农村土地制度改革内容包括“三块地”，即集体经营性建设用地入市、征地制度、宅基地制度改革。

9个月后，改革悄然破冰。南海区大沥镇太平村，一块面积为28.93亩的村集体建设用地由南海区公共资源交易中心公开挂牌出让，这是广东省集体经营性建设用地入市的“第一挂”。

从澳洲留学返乡创业的青年企业家陈亮峰曾想短租这块土地，看到挂牌出让公告后，他退掉了租约，重新通过“招拍挂”拿下这块建设用地30年的使用权。

颇具戏剧性的是，同一块土地，陈亮峰在一年内拍了两次。前一次是“出租”，后一次是“出让”。这一字之差的背后，是陈亮峰凭借30年的使用权从银行拿到6800万元的抵押贷款，使他的投资计划从4000万元追加为1.8亿元。

农地入市的改革，给太平村和这里的村民带来实实在在的好处。“对村组来说，最大的好处是30年的租金一次性收齐，以每年400多万元的利息收入算，等同经济社一年的营收了。”太平社区经联社相关负责人说。

这一破冰式的改革，引起了中国社会科学院农村发展研究所研究员党国英的注意。他认为，这次改革改变了土地流转中的土地交易方式以及要素交易当中的收入分配关系。

伴随着南海区大沥镇太平村地块的成交落槌，“三块地”的改革试点拉开大幕，为这片热土释放出全新的发展空间。“三项试点改革对南海来说意义重大，相当于给了南海一把‘尚方宝剑’，可以突破部分规定，在土地改革领域大胆创新。”南海区副区长陈绍文说。

2016年10月，南海挂牌成立全国首个集体土地整备中心，并出台农村集体经营性建设用地整备管理试行办法。

“没有好的土地空间，就引不来好的项目。经过土地整备，集约土地得到开发利用，村民收益提高了，投资者的信心更足。”南海区九江镇集体土地整备中心主任刘冠勋深有感触地说。

在丹灶镇一片1000亩的集体土地上，2018年启动的长江氢动力（佛山）研发中心及整车生产项目正在加紧施工，达产后总产值400亿元。

在南海，一系列疾风劲雨般的改革措施迅速推进，被喻为“沉睡资本”的农村集体用地焕发新活力。截至2018年5月，南海入市地块88宗，土地面积2472亩，成交总金额达70亿元，抵押融资地块34宗，抵押价值36亿元。抵押融资金额、成交总金额等数据均占全国试点的“大半江山”。

农村土地制度改革与实体经济的发展齐头并进。从改革试点启动的2015年到2017年的三年间，南海第二产业增加值保持了7%以上的增长。

在自然资源部农村土地制度改革三项试点工作推进会上，南海区的探索做法获得自然资源部的肯定，被认为是集体经营性建设用地入市的新途径。

转型再出发➔
破题村级工业园隐形冠军崛起

在南海区的瀚天科技城，80后青年农百乐怀着梦想，来到这里经营自己的艾乐博机器人科技有限公司。

6年前，从金融圈跳出来的他，带着研发团队在南海白手起家。现在，企业研发的机器人生产线已出口到越南、印度。

“起点高，成本低，平台大，服务好”，农百乐用12个字形容选择这个国家级孵化器的原因。

很难想象，十年前，这里还是低矮厂房林立的村级工业园，土地利用率及产出率低下，劳动密集型企业扎堆，每年产值不足1亿元，税收不足100万元。

在“一镇一业”“一村一品”的珠三角镇域经济生态中，村级工业园曾经扮演着资源整合者的角色。然而，随着产业的转型升级和城市化的推进，村级工业园“村村点火”式的粗放生产模式难以满足发展的需要。

土地开发强度已超50%的南海亟须跨过这一道坎。数据显示，南海区现有村级工业园685个，占地面积17.56万亩。

从集体土地上再出发，向村级工业园要空间，打造全球创客新都市，一次迈向高质量发展的探索在南海铺开。相比以往的土地改革，这一次的改革指向的是经济发展的质量变革、效率变革、动力变革。

在工厂林立的制造业腹地上，越来越多村级工业园转型成为创新园区。而以草根力量深耕制造业的南海企业中，也正崛起一个新群体——“隐形冠军”集群。

24年“磨”成亚洲第一包装瓶磨具的星联精密，坚守20年突破技术封锁、奠定高端摩轮世界领先地位的中南车轮，从零开始坚持17年研发的源田床具机械……这些南海企业用小产品打开全球大市场，成为各自领域中的“隐形冠军”。

像中南车轮等在细分领域做到全球领先的企业，被德国管理学家赫尔曼·西蒙称为“隐形冠军”。这样的企业大多是工业制造工序中的其中一环，专注、创新的工匠精神，是这些企业共同的特点。

这样一批“隐形冠军”企业，让有着“广东四小虎”之称的南海，掀起了供给端的变革，从过去生产制造鞋袜走向生产工业母机，让南海制造悄然由

“轻”到“重”，实现“重量级”的转型。

“在窑炉行业，要把每立方米能耗指标降低0.1都非常难做到。”广东摩德娜科技股份有限公司常务副总经理李展华说。这家坐落于南海狮山的企业在超过700多个日夜的努力后，成功研发出能耗指标全球最低的节能窑炉生产线，公司窑炉生产线出口量一度位居全国第一。

同样在南海，佛山市宝索机械制造有限公司董事长彭锦铜一谈到“纸”，马上打开了话匣子。作为造纸设备生产商，目前市面上卖出的有芯与无芯高速集成复卷生产线，超过一半来自宝索机械。

在第三波全球化的发展浪潮下，南海制造业的“隐形冠军”正走在开放型经济发展的最前线。

宝索机械2017年与南非PROXIMO LTD正式签订了生活用纸设备总承包项目合同，由宝索机械提供的年产1万吨的生产用纸全套加工设备将在南非正式投产。另一边，宝索机械在埃塞俄比亚项目已经进入安装阶段，预计12月初正式投产。

一批批南海制造业全国“隐形冠军”迈向全球经济的舞台，而世界也通过他们，重新认识南海。

在改革开放中融入新一轮的全球化浪潮，有为南海再出发，加快迈向高质量发展的步伐。

亲历者说

时任南海县农委主任何享业回忆土地股份制改革：

天天有人前来学习改革　曾去省外讲课分享经验

佛山市南海区人大常委会原副主任何享业一直在南海从事农村工作，在推开土地股份合作制的前后，他正在南海农委工作，位当时南海县农委主任，作为决策者、推动者、见证者，一手参与了制度的设计、论证与跟踪。

时至今日，何享业对当初许多决策细节依然记忆犹新，如数家珍。他坦言，当年的改革并无可以参考借鉴的样本，只是坚持立足基层实际、尊重群众意愿，在反复试错中不断调整，才最终蹚出了一条路子。

当时都流行说责任田是“破棉袄”

南方日报：*在南海试点土地股份合作制是出于哪些考虑？*

何享业：首先，南海一直都有人多地少的问题，土地主要分为三大区域：鱼塘、丘陵和水田。因此可耕作的土地比较少，平均下来每个人不到1/5亩，土地碎片化现象严重，这样的情况下推行规模化经营难度很大。

其次，20世纪80年代末90年代初的时候，南海的二、三产业已经逐步发展起来了，许多农民开始进城打工，责任田就没有得到很好的耕作，但大家又不愿意放弃，所以当时流行一种说法称责任田是块“破棉袄”，没有多少利用价值，扔了又怪可惜，随之而来的“弃耕抛荒”现象开始多了起来。

第三，20世纪90年代初的时候许多鱼塘已经由分包改为投包，土地开始有整合的迹象，原来的承包户收取租金，已经显现出股份制的雏形。罗村的下柏为了土地更顺利地集中，甚至直接引入了股份制。

在这种情况下，大家逐渐形成一种共识，解决规模化经营这个问题，还是要回归到土地制度建设这个基础上来。于是我们开始在里水沙涌、罗村下柏和平洲夏北的洲表试点探索以土地为中心的农村股份合作制。

分红提留51%确保了集体话语权

南方日报：**土地股份制推行前后，南海对土地经营的实践发生了怎样的变化？**

何享业：应该说在改革推行前的20世纪80年代，南海的农村欢迎国家来征地，因为征地后就不用交征购粮，对大家而言是个解放。20世纪90年代土地股份制推开以后，农村的集体土地逐步进入市场，这时候南海的农村喜欢“卖”地，当时一块丘陵地一亩可以卖到3万—5万元。进入90年代后期，土地资源逐渐稀缺，土地的资本属性逐步凸显，出租土地开始流行起来，一般短租3—5年，长租10—15年。到了21世纪以后，集体经济开始逐步壮大，有实力进行厂房建设，从而提高土地附加值，这时候，出租厂房成为多数集体经济的第一选择。总体上来看，这三十年间南海的土地流转还是以出租为主。

南方日报：**绝大多数集体经济收益分配设计成51%归集体所有，这是出于什么考虑？**

何享业：这个设计参考了人民公社制度。股份制以后把收益的51%归为集体，既是对之前实践的继承，也充分体现了土地集体所有的属性，确保集体的话语权。从后期的实践来看，如果没有这51%的提留，南海农村的基础设施、环境整治、社会保障事业很可能难以为继，南海的农村面貌不会有现在这么漂亮。

南方日报：**土地股份制推开后反对声和质疑声也不少？**

何享业：改革后社会上确实出现了质疑的声音，我就问当时管农业的南海县委副书记邓文初怎么办，他说，那就请北京的专家来看看，大家讨论一下。1994

年1月，我们在南海开了一个“以土地为中心的农村股份合作制”论证会，杜润生、杜鹰、吴敬琏、郭荣昌、张根生、欧广源、余国跃，当时国内有名的农村问题专家和中央、省、市领导都来了，会议总体上是倾向于肯定我们的改革。杜润生后来发言，他也是充分肯定南海土地股份制的探索。

最关键是解放了生产力

南方日报：**此后这项改革的推广情况怎么样？**

何享业：1993年底的时候，谢非就这个问题专门来南海作了3天的调查，并向中央作了书面报告，1994年年初的时候，谢非又到南海召开农村股份合作制现场会，明确表示富裕地区的农村可以学南海，希望将南海模式推广到珠三角。之后各省市过来参观考察的逐渐增多。最火的时候是1995年、1996年，当时基本上天天都有人来考察学习。我们也到处去讲课分享经验，除了省内，省外远的曾经去过石家庄、杭州。

南方日报：**现在看来，土地股份制对推动南海发展起到了什么样的作用？**

何享业：我觉得最关键是解放了生产力，把那些适合从事二、三产业的劳动力从农业生产中分流出来，让他们能够安心进城务工但又不会丧失土地，还能分享土地收益，其次是培育壮大了农村集体经济，土地租赁成为很多村发展集体经济的“第一桶金”。

大事记

1980年

南海干部给人均收入超过400元的大队“祝富贺富”，还给“万元户”们颁发奖状，这是全国首次由县委主导肯定富裕的行为。

1983年

南海基本完成了建立农村家庭联产承包责任制的任务，农村劳动力开始从事个体私营，众多夫妻店、父子厂、家庭小企业应运而生。

1987年

南海被国务院列为农村改革试验区。

1992年

南海在罗村下柏开始进行以土地为中心的农村股份合作制试验，同年共发展14个农村股份合作社。

1993年

南海制订下发了《关于推行农村股份合作制的意见》，在全区进行农村土地股份合作制改革。

2003年

南海提出“东西板块、双轮驱动”战略，形成工商并举、东西互动的发展格局。

2011年

南海发布《关于深化农村体制综合改革的若干意见》，提出要完善农村“两确权”，鼓励农村集体经济组织推进农村股权固化，规范农村股权流转，积极引导农村集体经济组织推进农村集体资产市场化等。

2013年

南海区集体经济组织成员股权（股份）管理交易平台开通运行。

2015年

南海被批准为全国33个农村土地制度改革试点之一。

2017年

南海区全球创客新都市项目2月宣布启动建设。同年12月，南海区成立全国首个制造业“隐形冠军”联盟。

闯将顺德：
从讲“德语”到讲“世界语”

文/段思午　王基国　罗湛贤　蒋晓敏　尚黎阳

南国盛夏，铄石流金。走进佛山市顺德区海信科龙总部大楼，首先映入眼帘的是一尊邓小平塑像，他背后的汉白玉照壁上镌刻着七个大字——“发展才是硬道理”。

1992年，改革开放总设计师邓小平同志在视察海信科龙前身珠江冰箱厂时提出了这一著名论断，这也透出他对广东改革开放实践的肯定和希冀。

党的十八大后，习近平总书记出京考察首站，就来到广东，向世人宣示了“改革不停顿，开放不止步”的坚定信念。作为领中国县域改革风气之先的地方，顺德留下了总书记的身影和嘱托。

改革开放是决定当代中国命运的关键一招。40年前，顺德的快速发展起步于对外开放，全国首批“三来一补”企业之一的容奇大进制衣厂也诞生在顺德。在一次次“自我革命”的改革中，顺德坚持解放和发展社会生产力，坚持社会主义市场经济改革方向，一跃成为“广东四小虎”之首，到2017年连续六年位居“全国综合实力百强区”之首。顺德实践成为“改革和开放相互促进、相得益彰”的有力注解。

顺德人笑称自己讲的话是“德语”。40年来，顺德用生动形象的“德语”讲出了中国县域经济发展的“顺德模式”，如实施“工业立县”的“五子登科”，支持乡镇骨干企业的“船大抗风浪”，形容产权改革的“靓女先嫁”“转得快，好世界”，比喻行政体制改革的“拆庙搬神”，坚定改革决心的“不争论、不埋怨、不停步”，还有顺德最引以为傲的“识做、搞掂、坚嘢”和“顺德制造，中国骄傲”。

改革不停顿，开放不止步。今天，顺德在全面深化改革，坚持扩大开放中寻找着自己在世界分工体系中的新角色，从讲“德语”向讲“世界语”转变。

进入新时代，改革开放的闯将顺德将以扩大开放促进深化改革，以深化改革促进扩大开放，为顺德经济发展注入新动力、增添新活力、拓展新空间。

率先破冰➔
“可怕的顺德人”引领乡镇企业潮

1978年1月，顺德县容奇镇党委召开了一次特别的党委会，讨论的议题是与香港一家牛仔裤厂合作，在容奇镇办一家制衣厂。时值隆冬，这个议题还是让许多与会者出了一身汗。彼时姓“资”姓“社”，兹事体大。

5个月后，容奇镇与香港大进（国际）贸易股份有限公司签署合作协议，合办300人规模的制衣厂。大进制衣厂和这一时期其他城市的其他类似企业一起，开创了改革开放中被称为“三来一补”的新形式——来料加工、来样加工、来件配装、补偿贸易。自此，沿海城市“三来一补”企业如雨后春笋般冒出来。

大进制衣厂的成功让顺德尝到了开放的甜头，也带动了顺德乡镇企业的快速发展。

1984年，顺德迎来关键的一年。

这一年，邓小平视察顺德。据新华出版社《先行者的30年——追寻中国改革的顺德足迹》所载，顺德县委当时汇报了顺德大力发展乡镇企业的情况。

这一年，顺德县委提出“工业立县”发展思路，“四套马车（县、区、乡、个体）”一齐上，逐步建立起“三个为主”的发展模式——以发展工业为主，以集体经营为主，以骨干企业为主。

这一年，一个叫张鸿强的退伍军人在香港第一次看到燃气热水器，一年后他带领工人在顺德造出了第一台“神州牌”燃气热水器。

20世纪80年代中期到90年代初，顺德出现了蚬华电器厂、美的风扇厂、裕华风扇厂、蚬华微波炉厂、华英风扇厂、珠江冰箱厂、冠华饲料厂、广东电饭锅厂、神州燃气具公司等一大批产值超亿元的外向型企业，乡镇企业成为顺德发展的“新军”。

区鉴泉领导的裕华风扇厂是一家镇办小厂。20世纪80年代中期，区鉴泉从

时局

壮阔东方潮 奋进新时代——庆祝改革开放40年

闯将顺德：从讲“德语”到讲“世界语”

解读广东改革密码

“可怕的顺德人”引领乡镇企业潮

解放生产力拥抱市场经济

一个小镇培育出两家世界500强企业

讲着“世界语”走向创新全球化

一张报纸改变命运 全国招才引孔雀南飞

大事记

香港买回两台鸿运扇拆解分析，结合自身技术力量改进创新。新产品投入市场即行销全国。桂洲风扇厂与外商合作，进口了当时先进的风扇生产设备，成为内地第一家向美国出口吊扇的工厂。裕华风扇厂和桂洲风扇厂也成为全省首批产值超过1亿元的乡镇企业。

1991年，顺德全县乡镇企业发展到3711家，总产值74.69亿元，占全县工业总产值的74.06%。在全国十大乡镇企业评比中，顺德占5家，其中珠江冰箱厂排名第一，蚬华风扇厂排名第三。

顺德改革开放发展成果引起了中央关注。《先行者的30年——追寻中国改革的顺德足迹》所载，1992年1月29日，邓小平视察顺德珠江冰箱厂。看到当时现代化的工厂环境，他连问了三次，这是乡镇企业吗？听到这里生产的电冰

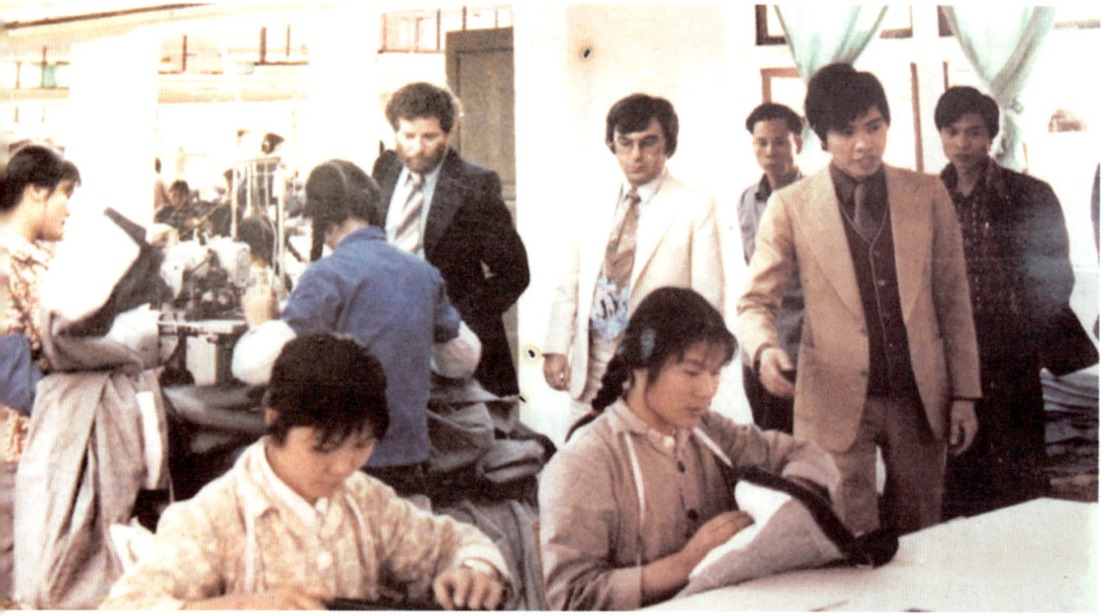

■全国首批“三来一补”企业之一的容奇大进制衣厂诞生在顺德（顺德区委宣传部供图）

箱远销海外，邓小平高兴地说：“发展才是硬道理！”这句话邓小平在顺德说了两次。时任顺德县委副书记的冯润胜曾回忆说，顺德县委汇报了乡镇企业促进顺德经济高速发展的情况。邓小平高兴地说：“千条道理，万条道理，比不上发展才是硬道理。”据书中所载，邓小平鼓励顺德“思想要再解放一点，胆子要再大一点，步子要再快一点”。

那时，新华社记者王志纲和同事一起到广东调研，对顺德、南海、东莞和中山的发展感触颇深，写了一篇文章《广东跃起四小虎》。“四小虎”1987年的28个经济指标数据里，顺德有25个排名第一，3个排名第二。

1992年5月10日，《经济日报》在头版刊发题为《“可怕”的顺德人》的报道，肯定顺德的改革成效。“可怕的顺德人”由此成为顺德最广为人知的标签。

三轮改革➔
解放生产力拥抱市场经济

顺德的干部群众喜欢用六个字形容顺德：识做、搞掂、坚嘢。“识做”意思是“会干、灵活”，“搞掂”指善于执行，“坚嘢”是说产品质量过硬，信得过。

从1992年到2012年，顺德这六个字的“德语”，在三次成为全省试点中得到充分的体现。每一次试点都带来新一轮大改革大发展。

第一次是1992年成为全省综合改革试点。

1992年2月，省委、省政府决定把顺德作为综合改革的试验县。3月，国务院批准顺德撤县建市。9月，省政府批准顺德为综合改革试点市（县级）。

彼时的顺德有56个党政机构、100多个“子孙机构”。在顺德重点工程容奇港筹建时，曾有工作人员“一天跑了38个公章”的故事。1992年5月到1993年3月，顺德将全市56个党政机构精简至29个，其中政府部门为23个。这被时任顺德市领导形象地称为“拆庙搬神”，顺德也在这次改革中初步实现了“计划经济政府向市场经济政府”的转型。

“拆庙搬神”后，产权制度改革成为此次综合配套改革的核心。

顺德提出了两个当时“时髦”的名词——“股份制”“混合型”。1993年6月，顺德公布了《关于转换机制，发展混合型经济的试行办法》。这个当时还是讨论稿的文件被称为“二十八条”，拉开了顺德产权制度改革帷幕。

龙江镇是产权制度改革的试点之一。时任龙江镇镇长张教邦说，顺德啤酒厂与香港生力啤合资，镇里卸下了债务包袱，每年还有5500万元的税收。

当年11月22日上午，顺德市委、市政府与8家市属企业签订股权转让协议书，这8家成为顺德第一批转制企业。

1994年，称为“三十三条”的《关于转换机制，发展混合型经济的若干规定》出炉，以正式文件的方式肯定了产权制度改革在顺德的合法地位。在政府的主导下，大规模的产权制度改革在顺德展开。一些原本经营状况就比较好的企业纷纷转制，被称作“靓女先嫁”，这个词也成为顺德产权制度改革的代名词。

第二次是1999年成为率先基本实现现代化的试点市。

省委、省政府要求顺德从率先基本实现现代化需要和本市实际出发，大胆进行体制创新的探索和试验，加强社会主义市场经济体制的建立和完善。

顺德提出“5个翻一番，10个上新水平”的目标——到2005年，地区生产总值、财政收入、城乡居民储蓄余额、全市电话普及率和城市化水平要翻一番。在改革开放、经济发展、城乡建设、基础设施建设、民主法治、人的素质、社会保障、综合配套、班子建设和廉政建设以及生态环境十方面上新水平。

第三次是2008年成为全省深入学习实践科学发展观活动第一批县（市、区）试点单位。

2009年9月16日，顺德公布“大部制”改革方案，将41个党政部门整合为16个，减少了近三分之二的党政机构，部分机构实行党政合署办公。从宣布改革到人事变动结束，顺德只用了三天。改革的力度之大，撤并机构之多，让公众吃惊。

在全区大部制改革两个月后，顺德启动简政强镇改革。经过改革开放30年，顺德不少镇街经济总量大，但管理权限小，这种“小马拉大车”的现状已经严重阻碍了地方经济的发展。改革后，顺德十个镇（街）获得了县级管理权限，成为了广东“最有权”的镇街。

2011年8月，顺德率先推进行政审批制度改革；2012年4月底，顺德在全省率先推进商事登记制度改革……

一系列改革的红利推动着顺德不断发展。从1992年到2012年的20年，顺德地区生产总值先后跨过1000亿元和2000亿元大关，曾连续4年居全国百强县榜

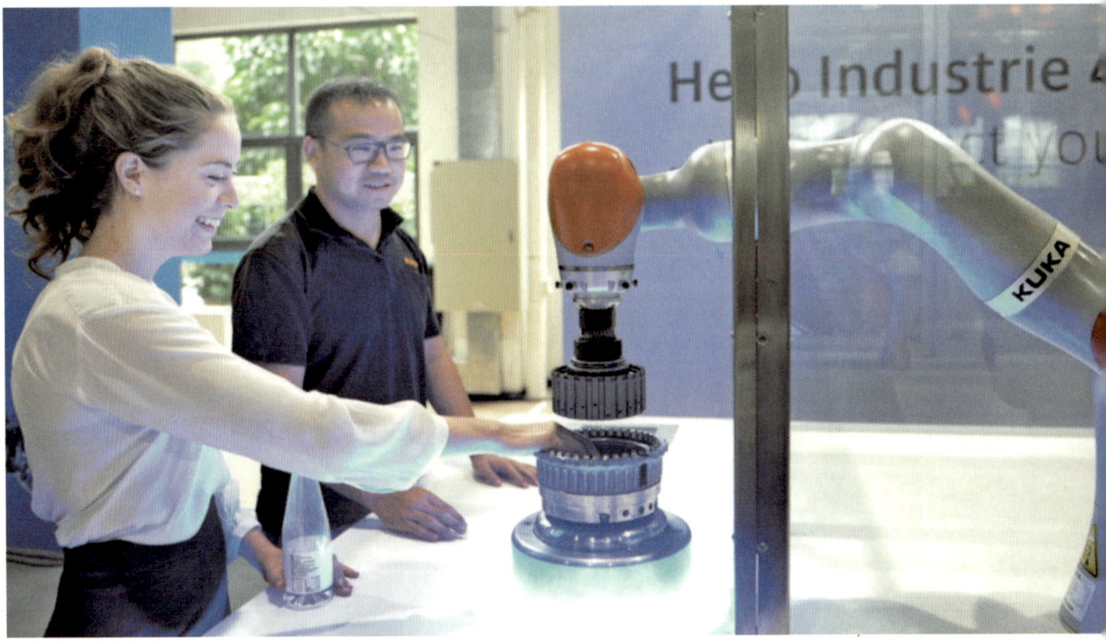

■美的收购德国库卡机器人凸显顺德企业谋求向世界进发的意愿（戴嘉信 / 摄）

首，2012年起位居全国百强区之首，到2017年已是“六连冠”。

中央机构编制委员会办公室原主任张志坚曾评价，顺德是我国县级行政管理体制改革的先行者，多项改革措施走在全国前列。

红利释放➔ 一个小镇培育出两家世界500强企业

初次来到顺德的人很难想到，美的、碧桂园两家“世界500强”企业总部都坐落在顺德北滘镇。

1968年5月，北滘镇西滘村人何享健带领23名村民，每人以借款方式出资

50元，再多方筹措共同集资5000元创办了“北滘街办塑料生产组”，何享健任组长。

1980年，在配套生产风扇配件的同时，他们开始试制自有产品，并成功生产出公司第一台金属台扇，取名“明珠牌”风扇。一年后，这家企业选了一个新的名字——美的。何享健通过自建研发部门、聘用兼职工程师等措施，开发自主技术和产品。美的成立第一年，营收便突破300万元，净利润超过40万元。2年后，在风扇行业竞争白热化的关口，美的研制出了全塑风扇系列，一举奠定了行业地位，由此驶入家电领域发展的快车道。

1992年4月，广东美的电器企业集团开展乡镇企业股份试点，成为广东美的电器集团股份有限公司。同年9月，北滘建筑工程公司开始转制试点，它是今天碧桂园的前身。

碧桂园的创始人杨国强是北滘广教村人。

1978年，杨国强进入北滘公社房管所当施工员，1986年担任北滘建筑工程公司总经理。

在企业改制中，杨国强与几名同乡合资将北滘建筑工程公司买下，更名为广东腾越建筑工程公司。因为在顺德碧江及桂山交界的大片荒地发家，于是杨国强以“碧桂园”之名开始进军房地产行业。

此后数十年，两家企业在中国市场经济大潮中屹立不倒。

2017年7月，2017《财富》世界500强排名公布，美的和碧桂园两家千亿企业携手上榜。而在2018年发布的《福布斯全球上市公司2000强》榜单上，美的、碧桂园再度入选，一同跻身世界300强。

2017年11月，美的与碧桂园在碧桂园总部签署了战略合作协议，何享健与杨国强的手紧紧地握在一起，外界称之为市值近6000亿元的握手。

这并非是单纯的巧合，顺德在改革开放中解放和发展生产力，最直观的成效之一体现在民营企业发展上。

2005年，“顺德制造，中国骄傲”被确定为顺德的区域形象推介语。此时的顺德是全国最大的家用电器生产基地、空调和小家电生产基地，全国品种最全、规模最大的家电配件生产基地，全球最大的电风扇、电饭煲、微波炉、消毒碗柜供应基地。创造这些成绩的主力军，就是顺德的民营企业。

全球最大的微波炉生产商格兰仕创始人梁庆德，54岁时创办了格兰仕，第一年微波炉销量不到1万台。企业改制后，格兰仕销量迅速上升，十年间销量翻了十番。

广东锻压机床厂转制时，陈伟德等4人发起，以2亿多元总资产、9000万元净资产，签约从集体“嫁”了出去。陈伟德成为锻压机床厂转制后的董事长，而机床厂也成为了国家和省的骨干企业之一。

除了转制企业，“孔雀东南飞”的浪潮也让一大批南下人才在这40年间书写出自己的故事。

1992年11月，安徽青年方洪波从湖北十堰的东风汽车制造厂（中国二汽）辞职后来到美的集团，现在他已是美的董事长、总裁。

万和新电器股份有限公司董事长卢础其，1993年以国外全自动热水器为原型，研制出内地首台全自动热水器。在接下来的12个月里，万和热水器产销量每月翻一番，一举进入当时热水器行业的前三强。

顺德的影响，远不止于在顺德成长的“弄潮儿”。

1997年6月20日，顺德组织了148家企业、3600种名优产品来到北京，在中国国际贸易中心展览厅举办“顺德名优产品（北京）博览会”。顺德的口号“请首都人民检阅顺德改革开放成果”在当时引起轰动。短短5天的展览时间，首都各界群众3万多人次参观，其中包括30多个国家的驻华使节。

顺德经济一路高歌猛进。2006年，顺德生产总值1058.42亿元，成为国内第一个生产总值过千亿元的县级经济体，其后几年间又突破2000亿元。

开放引领➔
讲着“世界语”走向创新全球化

2017年4月26日，德国奥格斯堡，库卡机器人公司迎来了“新老板”——刚刚完成了对库卡收购案的美的集团董事长方洪波。他与顺德党政代表团一起，冒着风雪来到库卡总部考察。

一年后，库卡CEO跨越重洋来到顺德，宣布50岁的顺德美的和120岁的德国库卡，在顺德潭洲共建智能制造产业基地，首批“顺德造”的机器人将于年内面世。

进入新时代，顺德将改革开放的旗帜举得更高，努力在新时代中实现从用“德语”讲顺德故事，向用“世界语”讲顺德故事的转变。

2012年，习近平总书记考察了顺德北滘的广东工业设计城，对顺德的改革发展寄望殷殷。

卢刚亮是最早入驻工业设计城的设计师之一。他的公司从3人团队已经发展到目前拥有超过200名员工，研发专利近200项，2018年年产值预计超1亿元。

目前，广东工业设计城聚集专业设计师超过8000名，创新设计近万例，产品转化率近85%。二合一早餐机、多功能衣架、无油空气炸锅、老人智能浴缸、炒菜机、智能灯泡一大批创意产品涌现，为珠三角乃至全国的制造业提供创新设计资源。

在广东工业设计城的不远处，美的全球创新中心是顺德另一个“智造核”。这里汇集了超过4000名研发技术人员，外籍资深专家就达300人，能同时进行近千项研究开发项目。

2012年，顺德成立中德工业服务区。2016年，顺德首次走进德国汉诺威工业博览会，中德工业城市联盟正式成立。这是世界制造业“量”与“质”的握手。在联盟的推动和服务下，美的库卡合作、广东　亚琛工业4.0技术应用研究中心等近50个中德合作项目陆续落地。

在2018年的汉诺威工业博览会上，广东伊之密精密机械股份有限公司展出由德国亚琛工业大学IKV研究所开发的，用于成型生产的大型复杂塑料零部件机器人柔性制造中心。这也是伊之密在德国成立新的欧洲研发中心后，首度亮相汉诺威工业博览会。

在2018年的“发现顺德·全球路演”活动中，顺德以中德工业服务区为平台，与亚琛工大签订佛山高等教育领域共建项目。

美的收购东芝白电、德国库卡机器人、意大利中央空调企业Clivet，举世瞩目；中国联塑启动国际化新战略，宣布在全球中心城市建设领尚环球之家项目……顺德正在从讲“德语”向讲“世界语”转变。

2018年初，顺德提出建设“科技顺德、文明顺德、美丽顺德、和谐顺德、富裕顺德”，加快向现代化顺德迈进的目标。曾为“广东四小虎”之首的顺德以改革闯将的姿态，阔步迈向新时代的新征程。

亲历者说

广东德冠集团有限公司副总裁王韶峰忆南下故事：
一张报纸改变命运　全国招才引孔雀南飞

每当忆及当年南下到顺德闯荡的故事，广东德冠集团有限公司董事、副总裁王韶峰总会感到一腔热血涌上心头。

王韶峰常说自己很幸运，因为他不但见证了中国改革开放40年，人生经历与整个大时代潮流脉动又高度契合——1978年，王韶峰考上清华大学，1991年南下顺德，1993年参与了“石破天惊”的顺德乡镇企业产权制度改革，如今是顺德制造产业一线的佼佼者。

“无论时代怎么变，顺德敢闯敢干的精气神，始终是改革发展的最大动力。”王韶峰说。

国企副厂长下海考入顺德

“当时过来顺德真的很偶然。”1978年，年仅16岁的王韶峰以韶关市高考第一名的成绩被清华大学录取。毕业后他被分配到位于湖南的地质矿产部直属机械厂，一干近10年。由于年纪轻、学历高、能力强，1991年，不到30岁的王韶峰已经升任副厂长。

彼时，顺德已在广东县域城市中脱颖而出，被称为“广东四小虎”之首。因为工作业务的关系，王韶峰对顺德人务实敢为的作风印象深刻。

从那时起，王韶峰有了南下发展的念头，开始寻找来粤发展的机会。“深圳、珠海都有单位想要我，但一直解决不了户口问题。”

改变王韶峰命运的是一张报纸。

1991年，王韶峰在报纸上看到顺德的一则招聘启事，内容是顺德县经委、人事局联合招收企业中高层管理干部。10月，王韶峰来到顺德参加招考。他后来才知道，当时顺德收到两三千份来自全国各地的简历，“最后筛选了100人参加考试”。

“当时的顺德县委政府把从全国各地赶来考试的人的食宿差旅费用都包了，这给我们很大冲击。真的把你当人才看，服务非常好。”顺德的诚意让王韶峰非常感动。

经过考试，王韶峰成为顺德面向全国招聘的首批高端管理人才，而他因工作调动所涉及的费用、人事关系、工龄转接和妻子的工作问题，顺德县政府负责一揽子解决。

一班人成企业转制中坚力量

顺德爱才重才的风气由来已久。

早在20世纪70年代，为破解企业发展的技术难题，当时还只是一家不知名的乡镇企业美的，就邀请了远东风扇厂副厂长从广州来到顺德协助研发发电机，被称为“星期日工程师”。1991年，美的还首开了乡镇企业聘请博士的先河。这些技术人才助力顺德经济在改革开放的前十年中快速腾飞。

20世纪90年代初，顺德党委政府和企业都意识到，要持续发展，就一定要培养一批了解当地情况、有实际经营经验的管理人才。

当时顺德招录了约60名后备企业干部。王韶峰和他们一起参加为期一年的管理研究生培训学习。

在王韶峰的记忆中，顺德县委、县政府对这个培训班十分重视，专门派车接送中山大学、暨南大学的教授和省里的顾问专家来讲课。县里的领导也来讲课，重点讲顺德的发展历史和发展思路。上完理论课还要到企业一线实习。王韶峰回忆说，学员一边上课一边拿着每月四五百元的工资。“算下来，整个班一年可能要投入几十万到上百万元。”

经过一年的学习，这些顺利毕业的学员被分配到顺德县经委所属企业任高管。当时学员中几乎没人能想到，这是为日后顺德的企业转制作准备。

“我们这批人在后来的产权制度改革中发挥了作用。”1993年，王韶峰来到了容桂德力集团担任总经理助理。1994年企业转制时，他以副总经理的身份进入董事会成为第三大股东，后来成为德力集团、德冠集团转制工作的主要操盘手。

时光荏苒。当年全国招录的这批管理人才，后来或自主创业开辟一方天地，或成为本土知名企业的高管。王韶峰现在是德冠集团董事、副总裁，还是顺德人才发展服务中心理事长。

尽管不是从小生长于斯，但王韶峰对顺德感情很深。当年许多同学都去了欧美地区发展，但他从未后悔自己20多年来一直扎根顺德。王韶峰坚信，自己和顺德一样，能在改革开放的大潮中开创更美好的明天。

大事记

1978年

顺德容奇镇与港商合作成立大进制衣厂，成为全国首批“三来一补”企业之一。

1984年

顺德县委提出“工业立县”战略，“四套马车（县、区、乡、个体）”一齐上。

1987年

广东召开珠江三角洲经济科技模式理论讨论会，顺德模式成为珠三角经济发展模式之一。该模式被概括为“三个为主”：工业为主、集体为主、骨干企业为主。

1991年

顺德出现一批产值超亿元的外向型企业。全国十大乡镇企业中，顺德占5家，并摘得状元和探花。

1992年

广东省政府批准顺德为综合改革试点市。顺德启动行政管理体制改革、企业产权制度改革、农村改革和社会保障制度改革。

1993年—1994年

顺德推动企业产权制度改革，出台改革“二十八条”和“三十三条”，极大推动了民营经济发展。

1997年

顺德在北京中国国际贸易中心展览厅举办“顺德名优产品（北京）博览会”，打出“请首都人民检阅顺德改革开放成果”的口号。

2003年

顺德撤市建区。从2000年到2003年，顺德连续4年位居全国百强县榜首。

2006年

顺德区生产总值1058.42亿元，成为国内第一个地区生产总值突破千亿元大关的县级经济体。

2009年

顺德启动“大部制”改革，减少了近三分之二的党政机构。同年启动“简政强镇”事权改革试点。

2011年—2012年

顺德启动深化行政审批制度改革，实现政府权力和职能的“瘦身”，并在全省率先推进商事登记制度改革。

2012年

习近平总书记考察顺德广东工业设计城和黄龙村等地，了解经济结构调整和生态文明建设情况，看望困难群众。

2016年

位于顺德的嘉腾、科达、利迅达等机器人、智能装备企业的代表首次整体亮相汉诺威工业博览会，发起组建的中德工业城市联盟在德国汉诺威工业博览会上正式成立。

2017年

德国汉诺威机器人学院与佛山顺德合作共建佛山机器人学院，吸引了弗劳恩霍夫协会、菲尼克斯、易格斯、伦茨、浩亭、IBG等21家企业或机构入驻。